「私が手塚くんに主人公を引き受けてもらいたい理由。
それはね、私があなたのファンだからよ」
高《たか》嶺《みね》千《ち》尋《ひろ》
属性：メインヒロイン

「まだ、この《物語》には、たくさん、改善の余地があると思うの」
僕は悟る。書き直しが始まろうとしている。
「だから、手塚くん」
高嶺さんはそこで本から顔を上げて、僕を見た。
ただの《メインヒロイン》だと断ずるにしては
人間臭く、人間にしては機械じみていて、
機械仕掛けの神と呼ぶには、あまりにも、
《メインヒロイン》の顔をしていた。

「この《物語》を、
最初から、
書き直してみるのはどうかしら？」

網《あみ》籠《かご》ミカコ
属性：バーチャル・シスター
薔《ば》薇《ら》園《その》まりあ
属性：ブランドデザイナー
秋《しゅう》円《えん》寺《じ》シド
属性：秘密結社©頭領

僕はライトノベルの主人公

寺場 糸

角川スニーカー文庫

24435

目次

イラスト / はな森
デザイン / モンマ蚕+タドコロユイ(ムシカゴグラフィクス)

プロローグ

これは、本編中における、とある一幕である。

プロローグといえば、読者へ《物語》の第一印象を提供する非常に重要なシーンだ。

いわば、入学式初日に行われる自己紹介。

または、短距離走におけるスタートダッシュ。

もしくは、映画におけるオープニング。

世界観、設定、キャラクター、その他諸々のファクターを漏らさず盛り込みつつ、冗長にならないよう圧縮してお届けする、最初からクライマックスな超重要場面。

そんなプロローグは、本作においては、次のような場面から始まる。

誰からも完璧《かんぺき》美少女だと評される《メインヒロイン》、高嶺千尋《たかみねちひろ》が、学校の図書室にて夕焼けの光を浴びながら優雅に読書をしていた。

彼女は一冊の文庫本のページをぱらりとめくる。ほとんど結末に差し掛かっていた。

ああ、アオハルの予感を感じ取った読者へ向けて、勘違いしてほしくないから最初に言っておくけれど。

この作品のジャンルは甘酸っぱい青春ラブコメなんかじゃなくて、割となんでもありな、メタフィクション・コメディだ。

★

「やぁ、高嶺さん」

高嶺さんが本を閉じたタイミングを見計らい、僕は向かいの椅子から声をかけた。

さっきまで浸っていた《物語》の世界観から抜け出すように、彼女は一呼吸置いてから、僕に顔を向ける。

相変わらず美の粋を尽くしたみたいな綺麗《きれい》な顔だったが、僕も随分と慣れたものだ。そこまで緊張を感じない。

「手塚《てづか》くん。本当に来てくれたのね」

そう、僕の名前は手塚公人《きみと》。

なんの因果か、このライトノベルの《主人公》に選ばれた、しがないダンゴムシ系高校生だ。

「そりゃあ来るさ。他でもない君の頼みだからね」

「それは、私が《メインヒロイン》だから？」

「いいや。肩書なんて関係ないよ。僕はただ、苦しそうにしてる君をなんとかしたくて、ここに来たんだ」

我ながら歯の浮くような台詞《せりふ》だとは思うが、本心なので仕方がない。

「それで、読んでみてどうだった？」

僕は、彼女が今しがた読み終えた本の感想を尋ねる。

すごく微妙な顔をされた。

「そうね。やっぱり、完璧からは程遠い作品だと思うわ。題材が独特だから、ニッチな需要はありそうだけれど」

「それはその通りだと僕も思う。自分で書いといてだけど、改善点は挙げたらキリがない。でも、」

僕はきっちり言葉を区切って、強調表現の場を整える。高嶺さんにも読者にも、僕の言いたいことが伝わるように。

「でも、今の僕にできる精一杯が、これなんだ。決して完璧ではないけれど、最善は尽くせたと思うよ」

「そう、かもね」

名残惜しそうではある。けれども高嶺さんは顔を上げて、僕を見る。目が合う。よかったと思った。口元にはいつものアルカイックスマイルが浮かんでいたからだ。

決して、押し付けられた作り笑いなんかではなかった。

「それにさ。やりたいことがあるんなら、これから実行していけばいいんだよ。僕らの《物語》はまだ始まったばかりなんだ」

作品が打ち切られる時の常套句《じょうとうく》ではあるけれど、今の僕の立場からすればこれは心からの決意表明だ。そう簡単には終わらせてやるものか。

「だから、プロローグはこのくらいにして、読者に本編を読んでもらおうよ。帰ろう。高嶺さん」

僕は彼女に手を差し伸べる。

「うん」

天使のような高嶺さんが、僕の手を取る。

僕らは決して離れてしまわないように互いの手をしっかりと握りながら、図書室を後にした。

☆

彼らの《物語》は、ここから始まる。

《第一章》『セットアップ』

残念ながら、この作品の舞台は文明の根幹から異なるファンタジー世界でも、サイバーインプラントが当たり前になった近未来でもない。

とある地方都市に存在する、神立《かんだち》高校という名前の高等学校だ。

かといって、弱肉強食の実力主義カリキュラムが組まれた超進学校でもなく、ごくごく普通の私立高校である。

偏差値は五十のちょっと上。毎年甲子園に出場しているワケでもなければ、奇抜な校則が注目を集めたりなんかもしていない。

つまりは、君が通っている、あるいは通っていた高校をイメージしてもらえば、それでいい。

時刻は昼休み。季節的には長い夏休みが終わった九月の中頃だ。

未だ衰えぬ残暑ゆえ、多くの生徒はクーラーの効いた教室に籠城《ろうじょう》し、自分の汗の匂いを気にしながら昼食をつついている。

しかし視点はここで教室を飛び出し、人通りの少ない廊下を抜け、階段を三段飛ばしで駆け上がり、封鎖された屋上のドアの前へと移る。

「あっちぃ……」

そこには、うだるような熱気に耐えながら、ひとり、階段に腰掛けて焼きそばパンと孤独を噛《か》み締《し》めている少年がいた。

彼こそが、この作品における《主人公》、手塚公人《てづかきみと》である。

内向的で、非活動的で、著作権の切れた純文学小説を読むことだけが趣味の、前髪長めな高校一年生だ。

中学までの数少ない友人は別進路を歩んだせいで高校入学と同時に消滅し、人間関係をイチから構築しなければならないという局面に持ち前の消極的姿勢で挑んだがため、二学期の現在においても未だ友人はゼロ。

要するに、清々しいまでのぼっちであった。

実に、読者から感情移入されやすそうなプロフィールをしているだろう？

「……？」

神経を逆撫《さかな》でするような視線を背中に感じて、公人は後ろを振り返る。彼はぎゅっと眉《み》間《けん》にシワを寄せて、周囲を観察した。

しかし、背後には埃《ほこり》を被った机がドアを塞《ふさ》ぐようにして積み重なっているだけで、人の姿はおろか、隠れるスペースさえ見当たらない。

（……気のせいか）

公人は正面に向き直り、再び焼きそばパンをもそもそと食べ始めた。

その時である。


「やっと見つけたわ。あなたが、手塚公人くんね」

目線の下から、涼やかな風のように清涼感溢《あふ》れる声がした。

公人に新たな展開を授けてくれる、《メインヒロイン》の登場である。


眼下で燦然《さんぜん》と輝くような容姿を目の当たりにして、彼女についての情報が、まるで走馬灯のごとく公人の脳裏によぎった。

高嶺《たかみね》千尋《ちひろ》は公人と同学年の少女である。

シルクのような光沢を放つさらさらの黒髪、この世の穢《けが》れの一切を視界に入れたことがないとでも言わんばかりの澄んだ瞳《ひとみ》、黄金比を内蔵しているおかげで万民から「美しい」と評価される目鼻立ち。

当然のようにスタイルもよく、男子からは恋い焦がれられ、女子からは憧《あこが》れられる、まさに絵に描いたような清楚《せいそ》系美少女という容姿をしていた。

まるで、物語の綺麗な挿絵から、そのまま切り取って貼ったかのように。

ただの美人というだけならば話はここで終わりなのであるが、彼女に関してはその類まれなる容姿以外にも語るべき点が多かった。

東に窮地に陥る運動部あらば行って助っ人になってやり、西に赤点寸前の生徒あらば行って対策ノートを渡し、南に陰湿なイジメあらば行って「つまらないことはやめなさい」と一喝し、北に告白待ちの行列ができていたら一人ずつ丁重に断りを入れていく。

同学年ではあるものの、彼女は、公人が齢八歳にして諦《あきら》めた輝かしい人生というものを最前線で突っ走る存在だった。

まさに完全無欠のスーパースター。人類の能力偏差値を一人で底上げする存在。

トロッコ問題で引き合いに出されたとしても、凡百の命程度が相手ならば単騎で生還を勝ち取ることだろう。

得意科目は数学。百メートル走のタイムは十二秒フラット。好きな食べ物はポルチーニ茸《だけ》が入ったパスタ、スリーサイズは……。

そこまで思い出したところで、ふと、「なぜ、自分はこんなに高嶺のことを知っているのだろう」という疑問が公人の脳裏に浮かぶが、そんな些細《ささい》な引っかかりは、胸の高鳴りに紛れて消えてしまった。

「もう一度確認するわ。あなたは、手塚公人くん……よね？」

その声で、公人ははっと我に返った。

階段の踊り場では高嶺が足を止め、上目遣いでこちらを見つめていた。その顔は心なしか不安そうだ。首にも若干の角度がついている。

返事を促されている。

ようやくそのことに気がついた公人は、咀嚼《そしゃく》もそこそこに焼きそばパンを飲み下す。一度喉《のど》の奥を鳴らしてから、掠《かす》れた声を吐き出した。

「……そうだけど、何？」

高嶺の口角が二ミリほど上がった。

「ああ、よかった。あまりにもノーリアクション一辺倒だから、てっきり人違いをしてしまったのかと思ったわ」

「すいませんね。なにぶん、人と会話するのが久しぶりなもんで」

「手塚くん、お友達いなそうだものね。さっき手塚くんの居場所を尋ねに教室へ行ったけれど、軒並み微妙な苦笑いを浮かべられてしまったわ」

ウケ狙いの自虐風軽口に見事なカウンターが決まってしまい、公人は心に余計な傷を負った。

「……そすか」

「それはそうと、」

一瞬だった。

気まずさから公人が視線を逸らしたその一瞬で、高嶺は長い脚をすっすと動かして階段を上がり、彼の眼の前まで距離を詰める。

そして、さっとスカートの裾《すそ》を折って、公人の隣に腰掛けた。

「うお」

あまりに颯爽《さっそう》とパーソナルスペースに踏み込まれたものだから、公人は反射でびくりと身体をのけぞらせ、尻《しり》を半分左に動かしてしまう。

「手塚くん。自己紹介がまだだったわね」

高嶺は膝《ひざ》に手を置いて背筋をまっすぐ、首をずいと伸ばして公人に顔を近づけた。

長い睫毛《まつげ》がよく見えた。

「近い近い」

「私の名前は高嶺千尋。あなたの隣のクラスの一年一組に在籍しているわ」

「知ってるって。それより近いよ」

「あら、嬉《うれ》しい。手塚くんも私のことを気にかけてくれていたのね」

「距離感！　距離感！」

公人が尻の摩擦を利用した移動で距離を取ろうとするたび、高嶺はさらににじり寄ってくる。

眼の前にはあまりにも整った高嶺の顔、背中には壁。逃げ場はもうない。

追い詰められた。公人はなぜだかそう思った。

「それで、本題なのだけれど、」

高嶺は言った。


「手塚くん。私のために、主人公になってくれないかしら？」


「手塚くんは私のことをどう思ってる？」

「どうって……誰もが羨《うらや》む完璧《かんぺき》美少女？」

「ぴんぽん。正解よ。ちなみに言うと、頻出回答は他にアイドル、マドンナ、高嶺の花《はな》、美のイデアの体現者などがあるわ」

「自分で言ってて恥ずかしくならないの？」

「だって、事実なんだもの。私がどれだけ否定を重ねても周りがそう評価するのだから、これはもう、リンゴが地面に落ちるのと同じような客観的事実だと捉《とら》えるようにしたわ」

「さいですか」

「そんな私にも悩みがあるわ。私、人生があまりに順風満帆すぎて、なんだか毎日が物足りないの。色々なことに挑戦してみたけれど、どれも私には刺激不足。そんな生活を続けているとね、何もかも順調なはずなのに、ひどく空虚な気分になるの」

「へぇ」

「私が完璧なのは、いいの。それはもう運命として受け入れるわ。でも、それに対してこの世界はあまりにも普通すぎると思ったの。私は物語に登場するような完璧美少女なのに、この現実世界は超能力も魔法もオカルトも、可笑《おか》しくて不思議なものが何もない。はっきり言って、不釣り合いよ」

「そうかもしれないですね」

「でもね、私、気づいたの。待ってるだけじゃ何も変わらないって。物語のような出来事が起きないなら、自分で探しに行けばいいんだって。だから私は、メインヒロインになることにしたの。そして、私と一緒にハラハラドキドキのストーリーを紡いでくれる主人公を探していた。そこで見つけたのがあなたよ。手塚くん」

「……はぁ」

「もう一度言うわ。手塚くん。私のために、主人公になってくれないかしら？」

公人の脳内辞書から相槌《あいづち》のレパートリーが尽きかけていたところで、ようやく、のべつ幕なしの長丁場演説が終わった。

高嶺は息を切らすほどに興奮していて、その頬は赤らんでいる。

誰もが目を見張るような美少女の上気した顔、からのダメ押し上目遣いを前にして、我らが《主人公》、手塚公人は次のように答えた。

「断る」

それはそれは、付け入る隙のないほどシンプルかつ明確な拒絶であった。

「……どうして？」

公人の脳裏にいくつもの反論が浮かぶ。

高嶺の先の発言にはツッコミどころがたくさんあるのだが、細かいところを突っついても仕方がないと思い、公人は最も大きな理由を述べることにした。

「一番大きな理由は、肝心なことを隠されたからかな」

「肝心なこと？」

「とぼけないでくれ。僕を主人公とやらに選んだ理由だよ」

「ぎくり」

「どんな理由であれ、君がメインヒロインになりたいってのはいいよ。相方となる主人公を探してるってのも。でも、誰もが羨む完璧美少女が、なんの接点もないダンゴムシを主人公にしたがる理由ってのは一体なんだ？　そこを話してもらえない以上、君の提案に乗ることはできない」

ぱちぱちぱち、と高嶺は小さく手を叩《たた》いた。あくまで落ち着き払って。

「さすがは手塚くんね。主人公にふさわしい洞察力の高さだわ。いいわ。そこまで言うならお答えしましょう。ずばり、私が手塚くんを主人公に選んだ理由は、」

「もしも手塚公人を並べ替えると『主人公』と読めるなんてオチだったら、僕はここで全力の地団駄を踏んでやるからな」

「…………」

「なにその顔」

「にゃんでもにゃいわ」

高嶺は危うく地雷を踏みかけた口を、自らの両手でもって押さえつけていた。

もはや答え合わせと化したその反応を見て、溜息《ためいき》一つ、公人はすっくと立ち上がる。

「名前イジりが理由なら、不愉快だからさよならだ。理由がないなら、意味がわからないからさよならだ」

そう言い残し、公人は階段を下り始めた。気持ち早足で一歩二歩。高嶺の足音は聞こえない。

　その時だった。

「待って、手塚くん——いえ、神戸《かみと》先生」

　ダンッという音が鳴った。上履きが勢いよく階段を踏みつけた音である。

　それは動揺のあまり階段を踏み外しかけたせいで生じた音であり、発信源はもちろん公人であった。

　彼は、ぎぎぎと人形のように首を動かして振り返る。

「……なんで、君が、その名前、知ってんの？」

　公人が絶望混じりの青ざめた表情を浮かべているのに対し、高嶺の顔は遊園地に足を踏み入れた五歳児のように輝いていた。

「ああ、やっぱり。手塚くんが、『旧校舎コドク倶楽部《くらぶ》』の作者なのね」

　彼女はゆっくりと階段を降りてくる。

「私が手塚くんに主人公を引き受けてもらいたい理由。それはね、私があなたのファンだからよ」

『旧校舎コドク倶楽部』とは、手塚公人が、神戸《かみと》傷痛《きずいて》というペンネームを用いて書いた長編小説である。

ライトノベルにしては地の文が多く、一般文芸にしては内容が軽く、ブルーライト文芸にしてはいささか内容に灰の色が濃い、ターゲット層のよくわからない小説であった。

内容を端的に言い表すならば、それは「はぐれ者たちの活劇」というものになるだろう。

能力、容姿、社交性などのせいで人間関係の輪から外れてしまった個性豊かな高校生たちが、旧校舎の空き教室に『コドク倶楽部』なる部活動を立ち上げ、そこで様々なトラブルに見舞われたり解決したりするというお話である。

言うまでもないことであるが、「コドク」は、「孤独」と「蠱毒」のダブルミーニングである。

全く予定がないゴールデンウィークをフル活用して執筆されたこの作品は、新人文学賞の公募に出されるでもなく、ネット上に公開されて酷評されるでもなく、印刷業者を使って数部ほど製本された。

そして、そのうちの一冊は、学校の図書室の文庫本コーナーにひっそりと設置された。

まるで、誰かが見つけてくれるのを期待するかのように。

「……あれは若さが起こした過ちだった。それがまさか、高嶺さんみたいな人に見つかるなんてね」

二人は再び階段に腰掛けていた。

公人はまるで時効寸前にベテラン刑事に捕まってしまった指名手配犯みたいにうなだれながら、懺悔《ざんげ》でもするかのように独白を続ける。

「当時の僕は人間関係の輪から弾き出されたことに耐えきれず、理解者がほしいと思ってしまったんだ。だから、あの作品を書き上げ……それを、自費出版して、図書室に置いてしまった」

高嶺は背筋をぴんと伸ばし、公人のほうを向いて静かに話を聞いている。

「ただ作品を見てほしいだけなら、適当なペンネームでもつければ匿名性は守られる。ペンネームをアナグラムにしたのは、わざとだよ。あの時の僕は、誰かに作品を読んで、そして、作者の正体に気づいてほしかった。僕を見つけてほしかったんだ」

神戸傷痛《かみときずいて》。

それは手塚公人に「い」を足したアナグラムである。傷痛《きずいて》——そう、気づいて。公人はペンネームに、本名へのヒントと悲痛な願いを込めたのだった。

「結局、君以外に見つけてくれた人はいなかったけどね。さぁ、僕の話はこれで終わりだ」

公人はそう言うと、腰を軽く上げて、尻《しり》ポケットに入れていた折りたたみ財布を取り出した。

「――いくら払えばいい？」

その潤んだ瞳《ひとみ》は捕食を悟った小動物のそれであり、引きつった口元には媚《こ》びるような笑みが貼り付けられていた。

「待って。手塚くん。どうしてお金を取り出そうとしているの」

「今、手持ちそんなにないから、とりあえず三千円でいいかな？　明日《あした》お年玉の残党を持ってくるから」

「いらないわ」

「大丈夫。これは僕が自らの意思で君に支払うんだ。録音とかもしてないよ。遠慮なく受け取ってくれ」

「……手塚くん、もしかして、私が脅しに来たとでも思っているの？」

「まさか！　完璧《かんぺき》超人の高嶺さんに限ってそんなことするはずないじゃないか！　これは僕なりの誠意だよ。みっともない黒歴史を見せてしまったお詫《わ》びというやつさ」

その時、高嶺の眉間《みけん》に険しい皺《しわ》が寄った。彼女は顔をぐいと近づけて、公人の目と鼻の先まで迫る。

その目には、義憤とでも言うべきものが宿っていた。

「みっともなくなんて、ないわ」

反論を挟む余地がないほどに、確固たる自信を持って言い放たれた一言だった。公人の自虐めいた舌が止まる。

「私は『旧校舎コドク倶楽部』をとても面白い作品だと思ったたし、手塚くんの行動も、停滞した日常から一歩踏み出した勇気あるものだと思ってる」

高嶺はそこで、顔面偏差値の圧とビューティブレスを受けて硬直している公人に気づき、身を引いた。

誤魔化すように、一束の横髪を手でいじる。

「だから、お金なんてやめてほしいの。私はただ手塚くんの文章に惹《ひ》かれて、一緒に物語を紡ぎたいって思っただけなんだから」

「……最初にも言ってたね。それ、どういう意味なの？」

高嶺はくすりと笑った。

「私はね、この世界を物語みたいに楽しいものにしたいの。判を押したような代わり映えのしない毎日じゃなくて、日替わりで未知との遭遇があるような、そんな刺激的な世界に」

「残念だけど、僕が主人公を引き受けても君にエンタメは提供できないと思うよ」

「その必要はないわ。行動して展開を生み出すのは私の仕事よ。手塚くんの主人公としての役割は、ずばり、描写よ」

「描写？」

「狂言回し。語り手。ナレーション。呼び名はなんでもいいけれど、とにかく手塚くんには、物語をその目で見て、あなたの言葉で描写してほしいの。例えば、」

高嶺はいきなり公人の右手を取り、卵でも温めるかのように両手でふんわりと包みこんだ。

「この状況、手塚くんだったらどう描写する？」

公人は少し考えてから、

「……目の前の高嶺さんは、何を思ったかいきなり僕の右手を握り込んだ。僕の手とのサイズ差や、すべすべした感触や、伝わる体温に何も感じなかったかと問われれば嘘になるけれども、一番強く思ったのは、『この人はなんて危機感が足りないんだ』ということだった。

僕のような根暗なダンゴムシに安易にボディタッチを許してしまう危険性というものがまったく理解できていない。僕はあいにく鋼の自制心でドギマギを抑え込むことに成功していたけれど、他の男子ではこうもいかなかったろう。

これ以上、無理筋な恋心を不特定多数の男子に抱かせぬよう、僕は彼女に『こういう軽率な行動は控えたほうがいい』と忠告することにした」

一気に言葉を吐き出した後、公人は手を引き戻し、確かめるように高嶺を見た。

「こんな感じかな？」

「いいわ。最高。拗《こじ》らせた男子高校生の心情描写として満点よ」

本心から褒められているということは理解できたが、嬉《うれ》しさはそこまで湧かなかった。

「物語が始まったら、そうやって手塚くんの視点で描写をしてほしいの」

「え、リアルタイムで言葉を紡げってこと？　無理だよ。脳が焼ききれる」

公人が書いた『旧校舎コドク倶楽部』も一人称視点で描かれた小説だった。

主人公を公人と似通った精神構造に設定したため書きやすくはあったが、それでも執筆時にはああでもないこうでもないと頭を悩ませていたものだ。

「その場ではメモを取るだけでも、情景を覚えておくだけでもいいわ。最終的に、手塚くんの記述で物語が小説の形になるのなら」

ここにきてようやく、公人は高嶺の目的を理解した。

どうやら彼女は自分たちがこれから繰り広げるハチャメチャな活動を物語として紙の上に表現したいらしい。とんだナマモノ愛好者である。

「さて、それじゃあ改めて。手塚くん。あなたにお願いがあるわ」

高嶺は再度公人の目をまっすぐ見つめた。

「私のために、主人公になってちょうだい」

「……」

公人は返答に窮した。

　ここで公人が、

「やったぜ。何か知らんが、放棄した黒歴史の苗が実を結び、校内のアイドルが向こうから接近してきた！　これで俺にも棚ぼた形式でアオハル到来のチャンス！」

と、狂喜乱舞するようであれば展開が速くて助かるのだが、そんな素直で能天気な性格ならば、そもそもぼっちになどなるはずがなく、それすなわち彼がこの《物語》の《主人公》であるという事実に矛盾が生じることとなる。

「……高嶺さん。僕は、君のやりたいことへの理解はできる」

　したがって、公人は必然的に、この人生に一度すら訪れることのないイベントを断ろうとしていた。

「意気地なし」「こだわり強め」「石の裏に籠《こ》もったままのダンゴムシ」などと批判が飛んでくるかもしれないが、この頑固さこそが、手塚公人が手塚公人である所以《ゆえん》だと言えるだろう。

「高校生にもなって現実が見えないのか、なんてのは、夢破れた負け犬のセリフだ。どんな絵空事だろうと、実現のために行動することは美しい」

　しかしまぁ、乙女の好意をここまでくらってまだ折れないっていうのは、そろそろ読者のヘイトを溜《た》めかねないし、なにより展開が前に進まない。

　ここは、彼の本来の性格に多少の齟齬《そご》が生じてしまうとしても、展開を進めることを優先させようじゃないか。

「でもだから、」

公人は「でも」から続く拒否の返答を口にしようとしていた。

しかし、言おうとしたセリフの逆接が順接に変換された影響で、拒否の言葉はすんなり出てこなかった。それは舞台上で台本をド忘れしてしまった役者のようだった。

「だから……？」

フリーズした公人を訝《いぶか》しみ、高嶺が視線を投げかける。その目には期待と不安が入り混じっていて、それは公人にもよくわかった。

今更拒否の言葉は吐き出せないと、公人は思った。

「だから、僕は、君の誘いに……乗るよ。主人公ってやつを、引き受ける」

自信なさげに放たれた、たどたどしい了承。しかしそれでも、高嶺の顔はぱあっと明るくなった。

「ありがとう。手塚くん」

眼の前で満開とでも言うべき笑みを浮かべる高嶺を前にして、公人は、「ああ、らしくないことをしてしまったな」と思った。

その「らしくない」行動が、第三者の何者かによって操られた結果だなんてことは、まるで思いもしなかった。

場面が変わり、公人と高嶺は人通りの少ない廊下を歩いていた。

「手塚くん。どうして隣を歩いてくれないの？　さみしいわ」

「君はもっと自分の影響力ってもんを自覚したほうがいい」

公人は高嶺から数歩ほどの距離を置いて、カルガモの雛《ひな》のように付き従っていた。

学校中の人気者である彼女と、クラスの端っこにひっそりと生息しているダンゴムシが並んで歩いていては、あらぬ噂を広められる可能性がある。

「それに、君のとこのファンクラブ、いやに過激だから目をつけられたくないんだよ」

公人がちらちらと背後や窓の外を警戒しているのはそのためだ。トレードマークである学ランが見えたらすぐにでも身を隠そうと決めていた。

「そうなったら私がこの身にかけても手塚くんを庇《かば》うわ」

「ますます恨みを買いそうなことはやめてくれ」

そんな会話をしながら廊下を歩く。

空き教室や自習スペースのある本棟も、職員室や図書室がある別棟も通り過ぎたというのに、高嶺はなかなか歩みを止めない。人目を忍ぶために人通りの少ない廊下を選んでいるから遠回りになるのは致し方ないが、それにしたって長かった。

「一体どこに向かってるの？」

「私たちの拠点となる場所よ。どこにあるのかは着くまでのお楽しみ」

「既にそんなのあるんだ。随分と用意がいいんだね」

「場所だけじゃないわ。メンバーも既に揃《そろ》っているのよ。物語を彩る魅力的な登場人物たちがね」

「うわ、急に不安になってきた」

人見知りの公人にとって、初対面の人間と接することは大いなるストレスだった。

とはいえ、高嶺と二人きりだと終始緊張しっぱなしで心臓への負担が計り知れないことになるので、まだそちらのほうがマシではある。

大所帯になる前に気になることは聞いておこうと思って、公人は優雅なステップで廊下を歩く高嶺の背中に声をかける。

「高嶺さん。一つ質問してもいいかな？」

高嶺は前を向いたまま答えた。

「いいわよ。手塚くんにだったら、スマホのパスコードまでなら教えてあげる」

「別にそれはいいかな。さっき、僕に主人公を依頼した時さ、なんで最初は理由をぼかしたの？　素直に言っていれば、僕は平身低頭して君の話を聞いたのに」

高嶺はちらと振り向いた。ゴーヤでも丸かじりしたのかというくらい表情が苦々しい。

擬態語にするなら、むむむ。

「あれは、伏線にするつもりだったのよ」

「伏線？」

「そう。私が手塚くんを特別視していることの伏線。もっと関係を深めて、ここぞという時に明かすつもりだったのに」

「なんでそんなことをする必要があるんだよ」

「伏線回収はテンションが上がるからよ」

「……そうかな？」

「手塚くんは、伏線回収好きじゃないの？」

「嫌いじゃないよ。でも、そのギミックに固執したせいで色々不都合が起きるなら、本末転倒だと思う」

「私のアプローチ、そんなに下手だったかしら？」

「下手というか……行動原理が見えないせいで不気味だったかな。特別な理由もないのに、高嶺さんが僕みたいなのにいきなり興味を持つなんてありえない。そんなのは物語の中だけで通用するご都合主義だ。そしてこの世界は物語なんかじゃない」

「その通りね。でも、だからこそ私は、この世界を少しでも物語らしくしたいのよ」

どこまでもまっすぐな瞳《ひとみ》で高嶺は言った。

そんな会話のやり取りを挟みながら、高嶺と公人は階段を下り、吹きさらしの渡り廊下を歩き、インターハイ出場者を何人も送り出した由緒ある柔道場の横を通り過ぎ、ついに目的地にたどり着いた。

古びた木造の旧校舎である。

戦後まもなくは校舎として利用されていたものの、高度経済成長期に現校舎が建設されてからは用途に恵まれず、今では教室の半分がマイナー部活動の部室棟としてリユースされている。

公人は今にも崩れてしまいそうな建物を見上げた。

「あんな小説書いといてだけど、初めて入るな。旧校舎」

「すぐ近くに資料があったのに、入ろうとは思わなかったの？」

「一人で突入する度胸は僕にはないよ。完全にイマジネーションで書いた」

ぎしぎしと床板を軋《きし》ませながら階段を上り、薄暗さを増した二階の廊下を歩く。

通り過ぎざま、公人がちらりと各教室のネームプレートに目をやると、手前から順に「登山部」「演劇部」「マンガ研究同好会」とあった。初めて存在を確認した部活動ばかりだ。扉の前にはホコリが積み重なっており、今も活動しているのかは甚だ怪しい。

「さぁ着いたわ。ここが、私たちの青春の舞台にして永久不滅のサンクチュアリよ」

高嶺は最奥の部室の前までたどり着くと、誇らしげにそう言った。

聖域と名付けられてはいるものの、そこに掲げられたネームプレートは空白であり、傍目には物置との区別がつかない。

公人は部屋の位置を確認してから尋ねた。

「……高嶺さん。もしかしてこの部屋、僕の小説読んでから選んだ？」

「ぴんぽん。大正解よ。そう、ここは『旧校舎コドク倶楽部《くらぶ》』の部室と全く同じ場所よ。旧校舎、二階の最奥」

廊下を歩いているうちに膨れていた嫌な予感が見事に的中した。

「もしかして、嫌だったかしら？」

「嫌ではないけどさぁ……なんか、気恥ずかしいよね」

己の妄想が思いがけない形で実現していることに公人が苦笑していると、高嶺がぎいっとドアを開けた。建付けが悪いうえ、鍵《かぎ》もかかっていない。

高嶺は左手で、お先にどうぞと中を指す。

既にかなりのエキセントリックな言行を披露している高嶺が構えた根城だ。抜け落ちてしまわないように度肝の栓をしっかりと固定しておく必要がある。公人は深呼吸をひとつして、部室の中へと踏み入った。

中は思いのほか普通であった。

向かい合う形で並べられた二つの長机、クッションが色褪《いろあ》せたパイプ椅子、ホワイトボード、スチール製の書棚。

至ってスタンダードな文化部の部室である。しかし壁際に、初期装備には見えないオブジェクトがひとつ置かれていることに気がついた。

「なにあれ」

モノリスだった。

ねじれこんにゃく型ではなく、直方体型のモノリスである。

隣に設置されているスチールの掃除用具入れと比較すると半分くらいの高さしかないので、サイズは小さめだ。

宇宙空間を思わせるような漆黒の面は濡《ぬ》れた金属のような光沢を放っており、近くにある椅子の背をうっすらと反射している。

砂漠のど真ん中に屹立《きつりつ》していれば未知なる宇宙人からの贈り物と解釈することも可能だろうが、おんぼろ木造建築の中にあると場違いもいいところな物体である。

しかしそれでも少年特有の好奇心が頭をもたげ、公人がもっと近くで見てみようと近づいたところで、

『すたんどあーっぷっ！』

「うおッ」

そのモノリスが二次元の美少女になったものだから、公人は驚いてのけぞった。

モノリスが変形したのではない。そのダークパールの表面がいきなり発光し、幼い少女の姿を投影したのである。

彼女は色鮮やかな見た目をしていた。

オレンジ色のショートカットヘアと、葉を束ねたような緑のワンピース。夏の日差しを受けて青々と光る農園を背景に、彼女は大きく背伸びをした。

『人感センサでぱっちりお目覚め！　おはようございますです！　人類みんなの妹、網籠《あみかご》ミカコです！　ご用件はなんですかっ？』

ビビッドカラーの色調に圧倒され、公人の目が思わず眩《くら》む。しかし目を細めながらよく見ると、なんとなく、彼女の外見のモチーフがわかった。

果物のミカンである。

大きくて丸い瞳はミカンの断面図を模していたし、頭に一本立った緑色のアホ毛は明らかに葉を意識していた。

『あれ？　あれあれ？　ミカコのライブラリにないフェイスデータですね？』

どこかの地方自治体が作ったゆるキャラみたいな少女は、画面に顔を拡大表示させながら、しげしげと公人を観察した。画面の左上で円形のローディングアイコンがぐるぐるしている。

「ミカコ。紹介するわね。彼は――」

『あ、待ってくださいストップです！　ここはミカコの超高速演算頭脳の見せどころ！　管理ナンバーS-1013もとい、千尋お姉ちゃんのこれまでの会話ログを参照するに……ぴこん！　わかりました！　このヒトが主人公の手塚公人という方ですね！』

「正解。さすがはミカコね」

『えっへん！　それほどでもあるですよ！』

二人の美少女が次元を超えたコミュニケーションを繰り広げている中、公人は未だ衝撃から立ち直れずにいた。

「高嶺さん、これ、なに？」

モノリスからビーッとアラームが鳴った。

『これとは失礼ですねっ！　ミカコをモノ扱いしないでください！　有機ハードウェアがないとはいえ、思考回路を持っている以上はれっきとした知的生命なんですよっ！』

ミカコと呼ばれたその少女は、大きなアホ毛のテクスチャをぴょこぴょこ動かしながら、周囲に怒りのエフェクトを飛ばして抗議する。

「ミカコ。ここは自己紹介も兼ねて、いつもの挨拶《あいさつ》をしてあげたほうがいいんじゃないかしら？」

『むむむ……確かに千尋お姉ちゃんの言うとおりですね。新規リスナーさんは丁寧にもてなしましょうと、たくさんのお姉ちゃんお兄ちゃんも言ってたです！　ミカコはかしこいので先人の教えに従うですよ！』

ミカコはそこでこほんとひとつ咳払《せきばら》い。画面上でもにょもにょと虚空を摑《つか》んで画角を調整した後、とびきりの笑顔を公人に向けた。

『電子の海からハローワールド！　みんなのかわいいバーチャル・シスター、網籠ミカコですっ！』

フリー音源の「おお～」という歓声が後ろのほうで鳴った。生意気にも立体音響である。

『何を隠そう、ミカコは超高性能な電子生命体なのです！　プロセッサ生まれインターネット育ちの電脳世界《バーチャル・ライバー》に生きる者！　特技はデータ収集と楽しいおしゃべり！　ビッグ・ブラザーならぬリトル・シスターとして、幸福・安全・予定調和をモットーに、人類支配と救済を目指していきますので、応援よろしくお願いするですっ！』

よほどやり慣れているのだろうか、自己紹介はぴったり十五秒で終了した。

公人の隣からぱちぱちぱちと拍手の音。今度は効果音ではなく高嶺によるものだ。

「バッチリよミカコ。このクオリティなら、チャンネル登録者数もきっとうなぎ登りだわ」

『えっへっへ～。何度もセルフリファレンスして最適化した甲斐《かい》があったです！』

「手塚くん、どうかしら？　ミカコの魅力が十二分に伝わる良い自己紹介だったでしょう？」

「そっすね」

公人はモノリスの画面上できゃぴきゃぴと動く３Ｄモデルを見てそう返す。

今どき流行《はや》らない文学青年に属する公人といえど、最近のエンタメ業界を席巻するバーチャルライバーなる存在くらいは知っていた。

モーションキャプチャと３Ｄモデルを利用して、架空のキャラクターを演じながら動画投稿や生放送などを行う配信者。

目の前の少女も、その潮流激しいレッドオーシャンに身を捧《ささ》げたうちの一人だろう。

改めてモノリスを眺めてみる。

東西南北どこを向いてもミカコの姿を映せるように側面も液晶ディスプレイになっており、フチの部分はよく目を凝らしてみるとコンセント差込口やらＵＳＢコネクトやらが搭載されていた。果たしておいくら万円かかっているのか想像もつかない。

「電子生命体でも何でもいいけどさ。なんでバーチャルで活動してるはずの存在が、現実の縮図みたいな高校にいるんだ？　ご丁寧に専用のディスプレイまで置いてさ」

「手塚くん。それはね、ミカコがれっきとしたこの学校の生徒だからよ」

『その通りです！　とーぜん、色々なファイアウォールがありましたが、そこはミカコのハッキング技術でなんとかしたです！　出席番号は一年ｉ組ｎ番で登録してあるです！』

「……なるほどね」

そこまで聞いて、公人の脳裏に一つのストーリーが浮かんだ。

何らかの事情によって学校へ通えなくなってしまった少女。物理的にも精神的にもふさぎ込みがちになってしまった彼女はしかし、二次元のアバターを通せば円満なコミュニケーションが取れることを発見した。

配信業に出会ってから日に日に明るくなっていく娘に快復の傾向を感じた両親は、その姿のまま学校に通ってみないかと提案。本人と両親の懇願の甲斐あって、学校側もそれを承認。

かくして、専用のディスプレイをボディとして、アバター姿で学校生活を送ることになった生徒が誕生した……。

なんてね。

この妄想が的中しているかどうかはともかく、複雑な事情がありそうなので深入りしないほうがよさそうである。公人はそう結論づけた。

「ミカコにはこの物語のマスコット役を担ってもらう予定なの。いかついハードウェアと可愛らしいビジュアルのギャップが魅力よ。大ウケ間違いなしね」

「初っ端からすごい濃いのが現れたなぁ……」

圧倒されつつも、公人はミカコに対して好印象を抱いた。

自己紹介にディストピア小説の不朽の名作『1984年』のオマージュがあるのは好感が持てるし、メカメカしい外見も男心をくすぐられる。

なにより良いと思ったのは、喋《しゃべ》り方や動作が実に自然なところであった。

男性視聴者を籠絡《ろうらく》せんとする甘い声音であれば食わず嫌いのアレルギー反応が出てしまうところだったが、明朗快活な彼女の態度は公人の逆張り精神すら反応しないほど自然だったのだ。

「それにしても最近のテクノロジーはすごいな。こんなに表情豊かにできるなんて」

『ふっふーん！　ミカコのカラダには人類未踏のシンギュラった技術が使われてるですからね！』

「ハードウェアもすごいのよ。ほら見て。実は筐体《きょうたい》の一部は便利な家電になってるの。こっち側は冷蔵庫で、裏側は電子レンジ」

「うわ、本当だ。すごいけど、なんか一気に生活感増したな」

『臭いがついちゃイヤなので、カレーとかは温めないでほしいです』

「電子生命体ってより、自我を持った家電って感じがする」

終了時刻の決まっていない雑談配信みたいなゆるいムードが漂いはじめ、公人と高嶺はそれにあてられた。午後の授業をすっぽかしてこのまま何時間もおしゃべりしてしまいそうである。

「高嶺千尋──っ！」


しかし、その雰囲気は、部室に飛び込んできた怒声によってかき消された。

公人は夢から覚めたみたいにはっとして、反射的に部屋の入口を見た。

怒りのオーラを立ち昇らせた女子生徒が立っている。

公人は一瞬、人食いの赤鬼でも現れたのかと思ったが、それはどうやら怒りの形相のせいらしい。

確かに彼女の髪は日本人ばなれした癖のある赤毛だが、肌の色は透き通るように白かった。

『今の、百二十デシベルの大音声です。飛行機のエンジン音に匹敵するですよ』

「薔薇園《ばらぞの》先輩。どうしたんですか、そんなに血相を変えて」

人間と認識してもなお内心ビビっている公人に対し、怒りの矛先を向けられている高嶺はどこ吹く風である。

薔薇園と呼ばれたその女子生徒は、小脇に抱えていたクマのぬいぐるみを掲げて叫んだ。

「どうしたもこうしたもねぇですわ！　あなたでしょう！　日陰干ししていたダイゴローを炎天下に放りだしたのは！」

「ああ、確かに私です。ダイゴローちゃん、日の当たらないところでぽつねんと座っていたので。日向《ひなた》ぼっこをさせてあげようと思って移動させました」

「あれはわざとやってんですの！　ぬいぐるみに直射日光は厳禁ですわ！　生地が傷んで変色したらどうするんですの！」

「そうだったんですね……。すみません、存じ上げませんでした」

「日焼け対策が必要なのは人間もぬいぐるみも同じですのよっ！　まったく！　次からは気をつけてくださいまし！」

一通りお説教を終えると、薔薇園は可愛らしいクマのぬいぐるみをむにむにと弄《もてあそ》びながら着席しようとした。

「あら？」

そこでようやく、公人の存在に気がついたのである。

「……どもです」

目が合ってしまったので、公人は軽い挨拶《あいさつ》と会釈を送ったが、

「誰ですの。あなた」

薔薇園は、警戒心を隠そうともせずそう言い放つ。そしてじろりと睨《ね》めつける。

互いが互いを分析する、嫌な時間が始まった。

薔薇園の目は吊《つ》り上がり気味で意志の強さを感じさせた。軽いカールのついた赤毛を真

ん中分けした髪型をしている。

服装は髪色に負けず劣らず奇抜である。素体となっているのは学校指定のブレザーだが、そこにはいくつもの刺繍《ししゅう》が施されていた。特にスカートには折り目に沿って白い花柄の刺繍があしらってあり、もはやドレスみたいになっている。

お洒落《しゃれ》には一家言あるようだが、持って生まれた資質を大事な個性と捉《とら》えているようでメイクは薄い。

先程のやり取りを見る限り、言いたいことをズバズバと言い放つ性格らしい。なぜかお嬢様言葉を使っているが、荒っぽい口調も交じっており、おまけに声がデカいため、上品どころかむしろパワフルな印象である。

これまた濃い人が現れたなぁと公人は思った。

公人がヘビに睨《にら》まれたカエルの気分をリアルタイムで味わっていると、

「薔薇園先輩。彼が、主人公の手塚公人くんです」

高嶺が助け舟を差し出した。薔薇園が「ああ」と声を漏らす。

「なるほど。あなたがわたくしたちの物語を記述する方ですのね。これは失礼。わたくし、二年の薔薇園まりあと申します」

薔薇園はそこでぺこりと一礼した。

「あの世界的ブランド『Rosen&Kreuze』の次期ＣＥＯにして、筆頭デザイナーを務めております。ですが、どうかお気になさらず。一人の上級生として接してもらえば結構ですわ」

世俗に疎い公人はそのブランド名を聞いてもまったくピンと来なかったが、わざわざ「知らない」と言っても益がないのでそのままスルーした。

『まりあお姉ちゃんはサブヒロイン役なんですよ。千尋お姉ちゃんの恋のライバルポジションです』

「とはいっても、安易に恋心の主導権を手放すつもりはありません。わたくしと恋愛模様を繰り広げたいなら、まず相応の魅力というものを見せていただきたいですわね」

薔薇園は公人の姿を頭からつま先まで眺め回した。

「ちなみに、今のところわたくしがあなたに靡《なび》く可能性はゼロですわ」

「……電光石火のご返答、どうも。変に期待しないで済みそうです」

容赦のない先出しの断り文句に対し、公人も軽口で応戦する。しかし薔薇園は気分を害した様子もなさそうだった。

忌憚《きたん》なき意見がぶつけられる代わりに寛大なのは公人にとってありがたかった。遠慮しないで済むからだ。

「それで、高嶺さん。登場人物ってのは、君と、この二人で揃《そろ》ったの？」

「いいえ。あと一人いるわ。そろそろ来る頃だと思うのだけれど……」

その時である。廊下の方からドタドタと床板を踏み鳴らす音が聞こえてきた。

「あら、噂をすればなんとやらね」

「手塚さん。心構えをしたほうがよくってよ」

『シドお兄ちゃんはかなーり癖が強いですよ』

登場人物たちは口々にそう述べた。「あなたたちもよっぽどですよ」とは思うものの、流石に口には出さない。

ガチャリとドアが開けられた。

「こんにちは。秋円寺《しゆうえんじ》くん」

現れたのは、神秘的な雰囲気を身にまとった長身のイケメンである。

未だ容赦なく汗ばむ季節だというのに、彼は分厚い外套《がいとう》型の学ランを着用していた。

色素の抜けた髪は短く切り揃えられ、肌は浅黒く、その瞳《ひとみ》は猛る炎のように赤かった。袖口《そでぐち》から覗《のぞ》く右手には、複雑骨折してもそうはならないだろとツッコミたくなるほど厳重に包帯が巻かれている。

全体的に厨二病《ちゆうにびよう》もしくはコスプレイヤーの雰囲気が漂っているが、痛々しいどころかサマになっているのは、彼の日本人離れした容姿のせいだろう。イケメン無罪というやつである。

秋円寺と呼ばれたその人物は、後ろ手でドアを閉めると、ゆっくりと高嶺のほうを向いた。

「ああ、我が主！　今日も今日とてお麗しい！」

彼は吠《ほ》えた。そして跳んだ。ノーモーションだったにもかかわらず、机を軽々と飛び越えるほどの跳躍である。

着地予想地点は高嶺の正面、その目と鼻の先である。彼は室内に美しい弧を描きながら空を駆けた。

「セクハラすんじゃねぇですの！」

そして、落下地点で待ち伏せていた薔薇園のラリアートによって迎撃された。

「ヒンッ！」と横腹蹴《け》られたロバみたいな声を出して、フライング不審者は背中をしたたかに打ち付けた。受け身も取れていない。モロである。

薔薇園はピクピクと痙攣《けいれん》するそいつを容赦なく足蹴《あしげ》にした。

「ったく……よくもまぁ毎日毎日飽きないものですわね。この変態は」

『シドお兄ちゃんの跳躍距離、日に日に伸びてってます。もうすぐ立ち幅跳びのインターハイ記録更新ですよ』

「高嶺さん。くれぐれもこの変態と二人きりにならないことですわ。貞操の危機ですわよ」

「お気遣いありがとうございます。でも大丈夫です。先輩がスルーしてたら、私は容赦なく人中を撃ち抜くつもりでした」

女性陣の物騒な会話を耳に入れながら、公人は椅子から身を乗り出して、今しがた奇行に走ったイケメンを見下ろした。

「高嶺さん、コイツってまさか……」

公人も女性陣と同じように軽蔑《けいべつ》の眼差しで男を見た。そのあまりにも特徴的な見た目及び奇行には見覚えがあった。

「彼は秋円寺シドくん。知っていると思うけど、私のファンクラブのリーダーよ」

「よりにもよって、過激派組織の頭領を引き入れてくるかい」

秘密組織Ⓒ《サークル・シー》とは、高嶺千尋を崇拝する者たちによって結成されたファンクラブである。

彼らは高嶺を滅法の世に現れた救世主として崇め奉り、彼女に近寄る馬の骨どもを完全なる自己基準によって制裁する。

校則指定のブレザーではなく学ランとセーラー服を身にまとい、ミサという名のファンミーティングや高嶺の身辺パトロール（本人無許可）を主な活動としている。

校則どころか法律さえ犯しかねないこの危険な連中を教師が誰も咎《とが》めないのは、会員番号〇〇二番が他ならぬ校長だからという噂もあった。

そして何を隠そう、この組織を立ち上げた悪しきカリスマこそが、今しがた床に背中を打ち付け、泡を吹いている秋円寺シドなのである。

「思ってたよりもヤベェやつだな……。高嶺さん。本当にコイツも物語のメンバーなの？」

「そうよ。役割は三枚目。いわゆるコメディリリーフね」

「ボコす前提のヴィランならともかく、味方サイドかぁ……」

なるほど確かに、登場するなり奇行と因果応報を披露してくれた彼にはふさわしい役割である。

古今東西、高嶺に恋心を抱く者はごまんといたが、ここまでエキセントリックなアプローチを仕掛ける輩は類を見ない。その情熱はもはや恐怖を感じるほどである。

「なんでコイツを引き入れようと思ったの？」

「だって、面白いじゃない」

「性犯罪者予備軍にそんな評価与えないほうがいいよ。つけあがるよ」

「そうね。あと何回か同じことをされたら累積退場してもらうかもしれないわ」

高嶺のその言葉に反応するかのように、白目で天井を見つめていた秋円寺からくぐもった声がした。

「我が主……貴方は誤解しておられる。私は貴方に劣情を催しているのではない。襲うなんてもってのほかだ。貴方は私にとって神のような存在……私は貴方にこの身を捧《ささ》げたくなっただけなのです……」

「気持ちはギリギリ嬉《うれ》しいけれど、人身御供はノーセンキューよ」

「ああ……では私はどのように奉仕すればよいのでしょう……」

「ボランティアでもしてろよ」

その時、秋円寺の目がぐりっと動いて光を取り戻した。腰を浮かせて、ネックスプリングからのきりもみ半回転。公人を正面に見据える形で着地する。どうやら聞き慣れない男の声がするということにようやく気がついたようだ。

「誰だ貴様」

本日三度目のクエスチョン。

安全地帯からの辛辣《しんらつ》なツッコミを耳ざとく拾われてしまったことに公人はいささか狼狽《ろうばい》したものの、ここで引いてはダサすぎると思って彼も秋円寺を睨《ね》めつける。メンチを切り合う雄と雄。一触即発の空気に割って入ったのは高嶺である。

「彼は手塚公人くん。今日から私たちの活動に参加してくれることになったわ。待望の主人公よ」

「主人公ですと？」

秋円寺は信じられないといった様子で公人を見た。

「この冴《さ》えない男子生徒が、ですか？」

「この冴えない男子生徒が、よ」

　どうやら公人が冴えないというのは共通認識らしかった。自覚がなければ泣いてしまうところだった。

「我が主……貴方《あなた》は自分の役割をメインヒロインだと仰った。そうですとも！　あなたはこのどん詰まりの世界に光をもたらす救世主だ！　まさにメインヒロインと呼ぶにふさわしい人物だ！」

「ありがとう。嬉しいわ」

「主人公とはそんな貴方に引けを取らない人物であるべきです！　こんな、平均的高校生をやや下回るような男など、断じて主人公と認めるわけには参りません！」

「手塚くんは魅力的な人よ。とても面白い文章を書くの」

「それだけでは貴方の魅力に全く釣り合って――、」

「秋円寺くん」

　高嶺の声音の温度が若干低くなったのを、その場にいた全員が察知した。秋円寺のヒートアップしていた舌にブレーキがかかる。

「あなたが何と言おうと、手塚くんは唯一無二の主人公よ。私が決めたの」

　怒りや侮蔑《ぶべつ》などといったマイナスな感情を微塵《みじん》も感じさせない、実に穏やかな口調であった。しかし、その語気に有無を言わせぬ凄味が含まれていたのもまた事実。

赤目の厄介オタクはしばらく押し黙った後、絞り出すような声で言った。

「……出すぎた真似を致しました。我が主。私は貴方の判断に従います」

秋円寺は、そこでようやく、悔しそうに顔を歪《ゆが》めて引き下がった。

そして、きっと公人のほうを向いて叫んだ。

「手塚公人！　こうなったら、貴様には我が主の隣に立つにふさわしい主人公になってもらうからな！　覚悟しろ！」

その瞳《ひとみ》には溢《あふ》れんばかりの涙が溜《た》まっていた。

公人は思った。

なんだか、色々と面倒なことになりそうだ。

その時、部屋に昼休み終了のチャイムの音が鳴り響いた。

まるで、時制というものが自分の立ち位置をようやく思い出したかのようだった。

かくして《登場人物》は出揃《でそろ》い、簡単なプロフィールが開示された。

読者が《物語》に没頭するための土台構築、すなわちセットアップが完了したということだ。

冒頭の段階では接着が甘かった《主人公》という肩書も、展開に身を任せてあれよあれよと流されていくうちに、すっかり公人と結合した。

キャスティングはもう変更できない。

公人がそれを望んでも、ここまで読み進めた読者がそれを許さない。

《第二章》インサイティング・インシデント

Boku ha Lightnovel no Syujinko.

セットアップの翌日のことである。

帰りのホームルームが終わり、公人《きみと》がリュックを引《ひ》っ摑《つか》んだところで、教室に秋円寺《しゆうえんじ》が姿を現した。

「部室へ行くぞ」

彼はいかにも不服そうな様子でそう言った。

「わざわざ迎えに来たのかよ。高嶺《たかみね》さんの指示か？」

「そうだ。貴様、部室に顔を出さずにそのまま帰宅するつもりだっただろう」

ものの見事に図星である。

「理解できんな。我が主の隣に立つという、これ以上ない栄誉に浴しているというのに逃げ出すなど」

「今日はどうしても読みたい本の発売日なんだよ」

「仮に貴様の親が生死の境を彷徨《さまよ》っていようが、会合を欠席する理由にはならん。ほら、行くぞ」

公人は半ば連行される形で教室から出た。

白髪赤目の長身学ラン野郎と並んで廊下を歩く。

高嶺ほどではないにしろ、秋円寺は周囲の注目を集める存在だった。

過激派組織の象徴たる格好をしているため、すれ違う生徒のうち半分以上は彼に視線を向ける。そして距離を取ろうとする。

公人にとって腹立たしいのは、あからさまに不快感をあらわにする生徒に交じって、何人かの女子が彼に熱意の籠《こ》もった視線を向けているということだった。

そして、当然の帰結として、並んで歩く公人にも視線の流れ弾は命中していた。珍妙な動物を眺める目だった。

「明日《あした》からはちゃんと部室に行くから、迎えに来ないでくれ」

四方八方から突き刺さる視線は、対人能力の低い公人のキャパシティをゆうにオーバーしていた。軽い気持ちで放つデコピンでも、ダンゴムシ相手では致命傷になりうる。

「ならん。我が主の命に背くことになるからな」

「お前のせいでさっきから視線が痛いんだよ。このままだと精神にガタが来そうだ」

「他の奴らなど気にしなければいいだろう。我々と違って、奴らは取るに足らないモブに過ぎん」

「すごい選民思想だな。さては友達いないだろ」

「そんなものは不要だ。私には、我が主さえいればよい」

渡り廊下のコンクリを踏みしめながら、公人は辺りに他の生徒がいないことを確認して、尋ねる。

「なんでお前、そんなに高嶺さんに入れ込んでるんだ？」

普段人にあまり興味を持たない公人にしては踏み込んだ質問だった。

これまで高嶺に淡い恋心を抱いて玉砕する有象無象は腐る程見てきたが、秋円寺ほどのめり込んでいる人物は未だかつて見たことがない。

それはもはや恋心では説明のつかない何かに見えた。熱心というよりは執心、信仰というよりは狂信。

理由を問われた秋円寺は、ちらと横目で公人を捉《とら》えた。

「神託を受けたのだ」

「神託？」

「そうだ。私はあのお方を見守る大いなる存在から、『彼女を幸福に導くべし』という願いを託されたのだ」

「白昼夢の類じゃないのか、それ」

「決して夢などではない。大いなる存在の御言葉は、電撃のように全身を駆け回り、私の第一行動原理として脳に刻まれた。この神秘体験を神託と言わずして何と言う」

「それ、いつ受け取ったんだ？」

「主を初めて見た時だ。入学式の日、桜舞い散る校門前で、我々は偶然目が合った。その時に私は、彼女を見守る大いなる存在の御言葉を聞いたのだよ」

本気度百パーセントの目つきで、秋円寺はそう言い放った。

「なるほど……それは確かに、神託だなぁ……」

ただの一目惚《ひとめぼ》れじゃねぇか。

とは思ったけれども言わずにおいた。


秋円寺が恍惚《こうこつ》と高嶺の魅力をプレゼンするのを聞き流しているうちに、旧校舎の部室にたどり着いた。

床を引っかきながらドアを開けると、薔薇園《ばらぞの》は革の端切れと糸でなにやらちくちくやっており、ミカコはお昼寝のためかスリープ状態になってただのモノリスと化していた。

高嶺の姿はなかった。

「薔薇園まりあ。我が主はどこへ行かれた？」

「生徒会室に用事があると言い残して、先程部屋を出ていかれましたわ」

「そうか」

それだけ聞き出すと、秋円寺は自分の所定位置に着席し、腕を組んで瞑目《めいもく》した。

一学年下の後輩に舐《な》めた口をきかれているというのに、薔薇園は気にした様子もなく、手作業に没頭している。

公人もなんとなく昨日座った椅子に腰掛け、しばらく室内の様子を覗《うかが》った。

……気まずい。

昨日の時点で薄々感づいていたことではあったが、ここにいるメンバーは曲者揃《ぞろ》いだ。皆が皆、高嶺を起点としてコミュニケーションを取っている。彼女がいればやかましいことこのうえないが、共通項を欠くとお通夜のように静まり返ってしまう。和気藹々《わきあいあい》とカタンに興じるような仲良しムードも馴染《なじ》める気がしないが、衣擦れの音すら目立ってしまうような沈黙は、それはそれで耐え難い。

着席後、読書するフリをしながら考えた末、公人は勇気を出して自ら行動を起こすことにした。

「それ、なにやってるんですか？」

狙いをつけたのは薔薇園である。

この中では比較的まともそうな人物であったし、単純に、さっきから何をやっているのか興味が湧いていたからだ。

幸いなことに、薔薇園は無視するでも適当に返事するでもなく、きちんと目を見て応じてくれた。

「今は革紐《かわひも》ストラップの制作ですわね」

「ああ、レザークラフトってやつですか。良い趣味ですね」

「何を言っているんですの。仕事ですわ」

「仕事？」

「昨日申し上げているはずですわよ。わたくしは Rosen&Kreuze の次期ＣＥＯにして筆頭デザイナーだと」

「はぁ、」

そういえば、Rosen&Kreuze というのは何を扱っているブランドなのか、調べていなかったことを思い出す。

「なんですのその生返事。もしかしてあなた、我が社の事業内容を知りませんの？」

「……面目ありません」

こういう時、せめてビジネスの概要くらいは調べておくのがマナーである。非は完全に公人にあった。

「しょうがないですわね。ミカコさん。起きてくださいまし」

嘆息しつつ、薔薇園は隣に屹立《きつりつ》していた墓石のようなモノリスをぺちぺちと叩《たた》いた。数秒の間を置いて、モノリスの表面に光が灯り、アニメ絵柄の少女の姿を映し出す。

『ふぁい……なんですかぁ』

スリープモードから目覚めたミカコは、寝転びパジャマの半眼で応対した。モーションキャプチャにズレが生じているのか、マヌケ面で固定されてしまっている。

「おはようですわミカコさん。早速ですけど、手塚《てづか》さんに我が Rosen&Kreuze の事業概要を説明してくださいませ」

『ふぇ……あっ！　これはPR案件というやつですね！　おまかせください！　ミカコがばっちり宣伝してあげます！』

据え置きのスマートスピーカーと同等の扱いを受けているにもかかわらず、ミカコは実に嬉《うれ》しそうだった。目を閉じてちっくたっくと首を振る。背景では『検索中……検索中……』と文字が流れていた。

やや、しばらく。ぴこんと小気味いい音が鳴った。

『検索完了です！　Rosen&Kreuze とは、駅前のテナントビル一階にあるハンドメイドショップのことですね！　扱ってる商品は縫製品、革製品、金細工、木工細工など種々様々！　週末には手芸教室やワークショップを開催していて、地域住人に愛されて創業三十周年を迎えたお店です！』

さすがに同名の別事業だろうと公人は思った。

薔薇園の外見及び言動は率直に言って居丈高であり、それは世界を股《また》にかける大資本由来のものだと思っていたからだ。

しかし薔薇園は得意満面の笑みで、「その通りですわ！」と肯定した。

さすがにこれには驚いた。

「……え、薔薇園先輩の家って、第二次世界大戦後に解体を余儀なくされた財閥とかじゃないんですか？」

「んなワケねぇですわ。アルバイトすら雇ってない家族経営の店ですわよ」

「世界的ブランドっていうのは……」

「ふふふん！　よくぞ聞いてくれましたわね！　最近はネット通販の需要も相まって、国内外問わず注文が飛んでくるんですのよ！　先月もモンテネグロからの注文が一件ありましたわ！　送料をこっち負担にしてたせいでタダ同然でしたけど！」

「なんで、そんな口調なんです？」

「創業者たるお祖母様の教育ですわ。ボロを纏《まと》っていても心にはドレスを、というのがお祖母様の口癖でしたの」

「んー……なるほどぉ……」

公人は薔薇園に抱いていた第一印象を大幅に修正した。今や彼女は「大資本家の世間知らずお嬢様」ではなく、「小市民的エセお嬢様」である。

『ちなみに、頑張ってはいるみたいですけど、ここ数年の売上は徐々に右肩下がりです。たぶん観光客の減少に比例してるですね』

「ちょっと！　余計なこと言うなですわ！　ウチだって必死にやってるんですのよ！」

叫びに痛いほどの実感が込められていた。

「まぁ、経営にいくつもの課題があることは認めざるを得ませんわ。だからこうして、少しの時間も無駄にしないよう仕事に励んでいるんですの」

ちなみに、会話中も薔薇園は手元を動かし続けていた。

幼い頃から家業を手伝ってきたのだろう。最初に見た時は革の端切れに過ぎなかったそれは、いつの間にか、色鮮やかな縫い目の刻まれたストラップへと姿を変えていた。鈍色に光る留め具がいい味を出している。

「手塚さん。こちら、お近づきのしるしですわ」

そして、完成したばかりのそれを公人に差し出した。

「え、そんな。いいんですか？」

「ええ」

実のところ、見ているうちにちょっと欲しくなっていたので、公人は躊躇《ちゅうちょ》しながらもストラップを手に取った。片手間に作ったとは思えないクオリティの高さである。

薔薇園はにこやかに言った。

「お友達価格ということで、千円で結構ですわよ♡」

初めてお目にかかった薔薇園の笑顔は、清々しいほどの営業スマイルであった。


公人が本革の手触りを感じながら、家の鍵《かぎ》にストラップを取り付けていた時である。

部室にようやく高嶺が姿を現した。

「みんな、おまたせ。どうやら揃《そろ》ってるみたいね」

その声に反応し、薔薇園は内職の手を止め、ミカコはスリープモードを解除し、秋円寺は静かに開眼した。公人と比べて露骨に態度が違うが、比較対象が高嶺では仕方ない。

「我が主。生徒会室へ何の用事があったのですか？」

「部活動創設の申請よ。無事に生徒会長のハンコをもらえたわ」

「おお！　ということはつまり！」

「ええ。私たちの活動が本格始動するということよ」

高嶺は指定位置に着席することなく、ホワイトボードの前に立って全員を見渡した。

常にアルカイックスマイルで固定されている彼女にしては珍しく、その顔には満面とでも言うべき笑みが浮かんでいる。

「さぁそれでは！　気になる部活動名から発表していくわね」

高嶺は黒のマーカーを手に取り、デカデカとホワイトボードに文字を記す。

最初に「文」の字が記された時点で「おやまさか」と思ったものの、「芸」と来て「部」と来たものだから、そのあまりの予定調和ぶりに、公人は逆に驚いた。

文芸部。

奇抜なメンバーを集めたにしては、なんのひねりもない活動名である。

「手塚くん。今少しガッカリしたでしょう」

「いや、別に」

ちょっと嘘である。

「こんなありきたりな看板じゃあ、俺のモチベも下がるってもんだぜヘイヘイとか思ったでしょう」

「全国の文芸部に失礼だろ」

「安心して。もちろん、ただの文芸部じゃないわ」

次に高嶺が手に取ったのは赤のマーカーであった。中央に記された「文芸部」の左上に、まずはギザギザのフキダシを描いた。

そしてそこにひとつの文字を記した。一画二画と力強い太線が引かれていくのに連動して、公人の眉間《みけん》にも一本二本と深い皺《しわ》が刻み込まれていった。

記されたのは、小学生の人気ナンバーワン言語、「超」である。

高嶺はマーカーのキャップを閉じ、皆に向き直って宣言した。

「ずばり、私たちの活動名は、『超文芸部』よ」


ご存知の通り、文芸部とは紙面に物語を紡いで、それを発表する文化系部活動である。

それでは、その文芸部のひとつ上をいく超文芸部とは、一体いかなる部活動か。

一言で言えば、それは、物語の実現を目指す部活である。

登場人物も、舞台も、設定も、すべて身近なものを採用する。そのうえで面白い物語の構想を立てる。

あとは実現化に向けて一生懸命がんばる。

それが、高嶺が語るところの超文芸部ということらしかった。

「超文芸部が目指すのは、紙面を飛び越え、部室を飛び出し、現実そのものに影響を与える実践的文芸活動よ。凝り固まった常識ばかりの現実世界を、面白おかしく書き換えていきましょう」

ここまでならよかった。

物語の実現を目指すなんてことを言っているが、この現実世界が堅牢《けんろう》強固な物理法則に守られている以上、採用できるシナリオには限りがあるからだ。少し風変わりな演劇部みたいなものである。

強いて文句を挙げるとするならば、「活動名が恐ろしくダサい」ということくらいだ。

「みんなには、なにか実行に移したい物語はあるかしら？」

高嶺が尋ねると、登場人物たちは少し考えた後、自らの意見を口にした。

「わたくしには現状ありませんわ。ただ、物語の実現という点に徹するなら、目標は地に足ついたもののほうが簡単ですわね。例えば、次期の生徒会選挙を勝ち抜くストーリーにするとか」

『でも、それだと結果がわかりきってるです。ハラハラもドキドキもないですよ』

「そうだな。現実に迎合するために物語を矮小《わいしよう》化するのは本末転倒だろう。ここはやはり、実現可能性が低かろうと我が主を満足させられるようなものを採用すべきだ」

「例えば？」

「私と我が主が船舶事故に巻き込まれて、無人島でサバイバルするというのはどうだろう」

「申し訳ないけれど、ボツね」

「寝言は寝て言えですの」

『そこはせめて超文芸部のみんなで行くですよ』

反対意見でも出て「のんべんだらりとお菓子食べながらボドゲに興じるお遊びサークル

にしましょうよ」という方向性に進めば公人にとっても御の字だったが、他のメンバーはすさまじい順応性の高さを発揮して会議に加わった。

さすがは高嶺が集めた奇人変人どもである。

だが、この時点でも公人には机に頬杖《ほおづえ》つくくらいの余裕はあった。

『千尋《ちひろ》お姉ちゃんは何かアイディアあるですか？』

風向きが変わったのは、

「ええ。当面の間は、手塚くんが著した『旧校舎コドク倶楽部《くらぶ》』の展開をなぞっていこうと思うの」

などと高嶺が言い出した時である。

「待て待て待て。なんでそうなる」

さすがに聞き逃すことのできない案件だったため、公人の背筋もしゃんとした。

「手塚公人。貴様、我が主の判断に異論を唱えるつもりか」

「そりゃそうだろ！　必死で埋めた黒歴史が掘り返されようとしてんだぞ！　断固反対だ！　原作者として異議を申し立てる！」

「黒歴史って、そんなにつまんねぇ作品なんですの？」

「まごうことなき駄作です！　実現させる価値なんて微塵《みじん》もありません！」

「そんなことないわ。思春期の敏感な自意識と、捨てきれない理想の青春と、歪《いびつ》な全能感がテクストの奥に表現されている傑作よ」

「〜〜〜〜！」

小説を書いたことのある人なら理解できるだろうが、己の制作意図が透けて見えるというのは中々恥ずかしい。

性癖を全部載せした作品であれば「ワシはこれが好きなんじゃい！」と開き直ることもできるが、『旧校舎コドク倶楽部』はコソコソと理想を詰め込んだ作品だ。

それを見抜かれたとあっては、顔を覆って声にならない叫びを喉奥《のどおく》で鳴らしたくもなる。

ちなみに言っておくが、高嶺に悪気は一切ない。純粋な善意も、時として人を傷つけるナイフになりうるのである。

「……いや！　いや！　僕はただ感情論で高嶺さんを否定したいワケじゃない！　あの作品は、実行には向かない明確な理由があるんだ！」

もうここまで恥をかいてしまった以上、「好きにしなよ」とふてくされて作品の二次使用権を譲渡してしまってもよさそうなものだが、公人はなおも反論した。彼には彼なりの意地があるらしい。

「高嶺さん。あれを読んだ君なら知ってるだろ？　あの作品、最初こそクセの強い高校生がクラブ活動を発足するって話だけど、後半からは色んなものを詰め込んだ闇鍋《やみなべ》ストーリーになってたじゃないか」

「学校の七不思議、街にはびこる半グレ組織ときて、最後は地球侵略に来た宇宙人と戦ってたわね」

「どれひとつとっても実現は無理だろ！　僕らは至って普通の、」

視界に、あまりに外見の個性が強い超文芸部の面々の姿が映った。

「……ビジュアル以外は普通の高校生に過ぎないんだから！」

が、公人はそのまま突っ走った。見てくれなど、神秘性でいえば指先からライター程度の炎を生み出すザコ超能力に劣る。

公人はかくして己の正当性を示し、奇行に走らんとする高嶺を説得しようとした。

普段声を出さない生活を送っているせいで、不必要にボリュームが大きくなってしまい、叫び終わった頃にはしんと部室が静まり返ってしまった。実に気まずい。

「手塚くん」

名前を呼ばれたので、公人は恐る恐る顔を上げて高嶺の顔を見る。

冷水を真正面からぶっかけられたというのに、その目にはめらめらと闘志のようなものが宿っていた。

「最初から諦《あきら》めていては、事を為すことはできないわ。大事なのは結果ではなく過程よ。どれだけ実現が不可能に見えても、そこへ向けて足を踏み出すことに意味があるの。それが、私の目指す超文芸部の姿よ」

公人はもう自分の言葉では高嶺を説得できないと悟った。それほどまでに、彼女の瞳《ひとみ》から強い意志を感じ取った。

周囲を見渡す。他のメンバーも同じ色の炎を瞳に宿していた。

まったく、もう。どいつもこいつも。

「わかった。わかったよ。高嶺さん。君の指示に従う」

公人は諦めたように、そう嘆息した。


「それじゃあ、目下のところは、『旧校舎コドク倶楽部』の第二章、『七不思議編』の展開を実行に移していこうかしらね」

記念すべき第一回目の超文芸部会議は、そのように始まった。

『はいはい！　千尋お姉ちゃんにクエスチョンです！　それってどんなお話なんですか？』

「お話の流れとしては実にシンプルよ。第一章においてコドク倶楽部を立ち上げた主人公たちが、部室を構える旧校舎でカケルくんという怪異に遭遇するの。カケルくんは短距離ランナーの魂が乗り移った人体骨格模型で、目撃者には肉体の入れ替わりを懸けた屋内レースを仕掛けてくるわ。妙に綺麗《きれい》な走法フォームで追いかけてくるというのが特徴よ」

「七不思議の定番、走るガイコツってやつですわね。ちょっと絵面がおもしろくなる設定が付け足されているようですけれど、手塚さんが考えたんですの？」

「僕にそんな発想はないですよ。この学校に伝わってるシュールな怪談をそのまま流用しただけです」

「貴様ら、我が主の説明中に余計な口を挟むんじゃない」

「話を続けるわね。カケルくんの俊敏な動きと華麗なコーナリングによって、主人公たちはあわや追いつかれてしまいそうになるの。でも、旧校舎に住み着いていた野良犬をけしかけたことで状況は一変。カケルくんは大腿骨《だいたいこつ》をワンちゃんに持っていかれたせいで、そのままレースに敗退してしまうわ」

『え、それで……？』

「これでめでたしめでたしよ。その後、カケルくんはすっかり立場が逆転して、おやつ欲しさのワンちゃんたちに追いかけ回されることになりました、というのがオチになるわ」

「『「………』」」

視線の集中砲火が公人に向かう。

「なんだよ。素人《しろうと》が書いた作品なんてこんなもんだろ」

「それにしたってひってぇですわ。Ｂ級ホラー映画でももっとマシなシナリオですわよ」

「勝ち方に爽快感《そうかいかん》がなさすぎる。せめてちゃんとしたレースで決着をつけろ」

『中途半端にリアリティのない展開やるくらいなら、いっそ主人公チームも特殊な力で対抗すればいいのにと思うです』

貴重なご意見がたくさん寄せられた。辛辣《しんらつ》とはいえ作品の感想には違いないので、公人は静かに聞き入れる。活かすかどうかは別である。

「作品がつまんないって批評は甘んじて受け入れるけどさ、問題はそこじゃないだろ。高嶺さん。君は、この展開をどうやって実現させるつもりなんだ？」

水を向けられた高嶺はきょとんとしていた。

「それは勿論《もちろん》、私たちもカケルくんを見つけてレースするのよ」

「……現実に、カケルくんなんて怪異はいないよ？」

「そう決めつけるのは早計というものだわ。現に、カケルくんの噂話はこの学校に伝わっているんでしょう？　火のないところに煙は立たないのだから、きっと、カケルくんと遭遇できる方法があるはずよ」

なんて純粋な目でズレたことを言いやがる。

「というワケで、当面の間はカケルくんとの遭遇方法を探します。ミカコは学校関係者のSNSからより詳細な情報を調べて」

『いえっさー！』

「薔薇園先輩は各種小道具の作成をお願いします。クレイジーソルトを詰め込んだ煙玉があると嬉《うれ》しいです。カケルくんの弱点なので」

「任せろですわ」

「秋円寺くんは対カケルくん用最終兵器、ワンちゃん軍団の調達よ。裏山に何匹か住み着いているはずだから、なんとか手懐けてちょうだい」

「仰せの通りに！」

公人が口を挟む間もなく、各人に指示が配られた。

小規模なかぐや姫のごとき難題を突きつけられたというのに、皆文句を言うどころかノリノリである。やはり同じ穴のムジナだ。

こうなると公人も指示を仰ぐしかない。

「……僕は、一体何をすればいい？」

「手塚くんは私と一緒に現地調査よ。カケルくんが現れるとされる旧生物室をくまなく調べるわ」

「え」

「鍵《かぎ》も既に入手しているの」

彼女のポケットからじゃらりと赤錆《あかさび》のついた鍵束が現れる。用意がいい。

「手塚くんには期待しているわよ。ぜひホームズばりの観察眼を披露してちょうだいね」

一撃必殺と噂される高嶺のウインクを受けてなお、公人は苦々しい表情を浮かべたままだった。

好奇心で「出る」と噂される場所の調査に出向くなんて、ホラー作品の前フリにしか思えなかったからだ。


同じ建物内にあるのだから当然といえば当然なのだが、旧生物室にはすぐ着いた。階段を下りること一回、角を曲がること二回、あとは廊下を直進するだけだった。わざわざスペースを開けてシーンを切り替える必要もなかったくらいだ。

「どこからどう見ても普通の空き教室なんだけど。本当に調査なんてするの？」

公人はガラス窓に顔を近づけて、旧生物室を覗《のぞ》きながらそう言った。

「もちろんよ。どこかにカケルくんの手がかりが残ってるかもしれないじゃない」

高嶺は先程からドアをガチャガチャ鳴らしている。どうやら鍵束にはキータグがつけられていないらしく、お目当ての鍵を見つけ出すためにトライアンドエラーを繰り返しているようだ。

「あ、これね」

差し込んだ鍵がついに半回転して、カチャンと小気味よい音が鳴った。二人して顔を見合わせる。

無言の圧力。

公人はしぶしぶ戸を引いて、旧生物室の中へと踏み込んだ。

「失礼しまーす……」

室内は、怪談の出どころにしては綺麗だった。

木製の机や椅子は日焼けしていて古臭い印象を持ったが、きちんと整頓《せいとん》されていた。人の出入りがないため空気は乾燥しているし、どこか淀《よど》んでいる気もするのだが、不快さを感じるほどでもない。

もちろん、科学とオカルトを交ぜ込んだ儀式の跡のようなものや、倫理に反する生物実験の残骸《ざんがい》なども残っていない。

至って普通の、使われなくなった旧時代の教室といった雰囲気である。

「これが噂のカケルくんね」

そして、教室の窓際、空っぽの薬品棚の横にそれはあった。

一般的な成人男性をモデルにした骨格模型である。

人体の骨組みを視覚的に伝えるそれは、支柱に体を預け、姿勢良く直立していた。こちらも、ところどころが薄汚れているくらいで特に妙な点は見当たらない。

「……当たり前だけど、普通の骨格模型だね。動き出しそうな気配がまったくない」

「仕方ないわ。レースが始まるとされているのは夜だもの。きっと、今は最高のスタートダッシュのためにイメトレ中なのよ」

「カケルくん、頭の中からっぽだから無理でしょ」

「手塚くん。そういう悪口はよくないわ」

「見たまんまを言っただけだよ」

などと軽口を叩《たた》きつつ、公人たちはカケルくんを頭蓋《ずがい》から足の親指の先までつぶらに観察する。五秒で終わった。

「足の部分だけすり減ってるとかあればあるいはとも思ったけど、そんなこともないね」

「きっと走り込みの後には丁寧な体調ケアを心がけているのよ。ランナーの鑑ね」

「めげないなぁ」

このまま噂の出どころを凝視しても何も得るものがないと判断した公人は、周囲に何かないかと、一応視線を巡らせる。

水流が凄《すさ》まじいことでおなじみの洗い場付き机、かつてメダカなんかを飼育していたと思しき古い水槽、パッケージデザインからしてかなり昔のものだとわかる空の洗剤ボトルと経て、最終的に彼の視線は机の引き出し部分へと注がれた。

そこには、一冊の古ぼけたノートがあった。

「なんだこれ」

取り出し、色褪《いろあ》せた表紙を指で弾いてみる。埃《ほこり》は飛ばなかった。妙な膨らみがあるのは中にペンが挟まっているせいだろう。

「うわ」

なんの気なくページをめくった公人は小さな悲鳴を漏らした。

そこにびっしりと記されていたのは数字の羅列である。左側には日付、右側には数十秒前後のタイムがワンセットとなって書かれていた。

視認しただけで不幸をもたらす呪詛《じゅそ》の類ではなかったものの、枠線を大きくはみ出し、刻みつけるかのような強い筆圧で記されていて、異常さを感じさせた。

「これって……」

公人は二つの事実に気がついて言葉を漏らす。

ひとつ、最後に記されていた日付は、つい昨日のものであること。

ふたつ、記録されているタイムが、毎日ほんの少しずつではあるけれど、着実に縮まっているということ。

公人の脳裏に、夜な夜な旧校舎の廊下を走り込み、走り方のフォーム研究に余念のないガイコツの姿が浮かび上がる。

まさか、そんなはずがない。

公人は自分に言い聞かせるように心中でそう呟《つぶや》き、とりあえずこの奇妙な発見を高嶺と共有しようと後ろを振り返った。

「高嶺さ――」

言葉に詰まった。

それもそのはず。高嶺とカケルくんが横並びになって、両手の指を床につけ、前足を立て、前屈みになってこちらを見つめていたからだ。

いわゆる、クラウチングスタートのポーズである。

「手塚くん。構えて」

この妙ちきりんな状況に対し、高嶺は慌てず騒がず、至って冷静にそう呼びかける。それを合図に腰を浮かせて静止する。隣のカケルくんも連動するかのように骨盤を上げた。つま先に力が込められた。

「カケルくんとのレースが始まるわ」

言うが早いか、完璧《かんぺき》美少女とガイコツが勢いよく床を蹴《け》り上げ、公人のほうへと駆け出した。

カケルくんとは、この神立《かんだち》高校に代々伝わる七不思議のひとつである。

曰《いわ》く、インターハイ出場前に事故死した短距離ランナーが、死後に骨格模型に乗り移ったものである。

曰く、夜な夜な旧校舎を走り回っては、目撃者にレースを仕掛けてくる。

曰く、ゴール地点である旧生物室にたどり着く前に捕まってしまうと、カケルくんに身体を乗っ取られてしまう。

なぜ、レースに敗北した後の顚末《てんまつ》が知れ渡っているのか。

死後に乗り移るにしてももっとマシな依代はなかったのか。

肉の継ぎ目がない骨格のみでどうやって走るというのだ。

などと、ツッコミどころは湧いて尽きることはないのだが、噂なんてものは往々にしてそんなものだ。ここで錯誤を気にしても仕方がない。

それは、現実には存在しない、物語のひとつに過ぎないのだから。


放課後の旧校舎が、足音と悲鳴で揺れていた。

「手塚くん。もっとピッチを上げて。追いつかれるわよ」

「帰宅部のダンゴムシになんて無茶をおっしゃる！」

公人は掠《かす》れた叫び声を上げながら、右足でダンと床を踏みつけてブレーキをかけ、第一コーナーである廊下の角を曲がった。

後ろから迫ってくるガチャガチャという骨の擦れる音がプレッシャーとなり、あまりスピードを落とすことができなかった。おかげで転びそうになってしまう。

背後の足音が一段階、近づいた。思わず振り向く。
風を切り裂くかのように指先までまっすぐ伸ばし、一切のブレなく上腕骨を前後に振る
う。接地はつま先から入って踵《かかと》を着けることなく、蹴るようにではなく弾むように、前へ。
実に美しい走法フォームを披露するガイコツのカケルくんが、後方わずか数メートルの
ところまで迫っていた。
「うわわわわわ！　来てる来てる来てるッ！」
「すごいわ。一切の無駄が削ぎ落とされたフォームよ。きっと軟骨がすり減るほどの努力
を重ねたのでしょうね」
「絶対に！　今！　そんな感想言ってる場合じゃない！」
公人がヒューヒュー言いながら必死で全力疾走しているのに対し、高嶺は余裕綽々《よゆうしゃくしゃく》と
いった様子で軽やかに並走していた。生まれながらのスペックの差というものが如実に反
映されている。
「ところで手塚くん。どうしていきなりカケルくんが動き出したのか、その理由を知りた
いでしょう？」
「別にィ！」
「そこまで知りたいなら教えてあげるわ。レースには開始合図が必要だと思ったの。だか
らカケルくんの耳元で〝On your mark.〟と囁《ささや》いたら、これがなんと大当たり」

「外れてくれそんなもん！」

ただでさえ帰宅部特有の運動不足であるというのに、叫び声に近いツッコミを交えながらの短距離走なものだから、公人の身体は既に限界ギリギリである。肺が酸素を求めてデモコールの声を上げ、両足が過重労働を訴えてストライキを実行していた。

直角のコーナーを曲がること三回、旧校舎を一周するルートも終わりが近いというところまでたどり着いたものの、骨の軋《きし》む音はもはや耳元から聞こえてくる。

公人は目や鼻や口から種々様々な液体を撒《ま》き散《ち》らしながら、祈るように後ろを振り返る。

がらんどうの眼窩《がんか》が肩の向こうのすぐそこにあった。

「あああああああああッ！」

「手塚くん。そこの旧家庭科室の角を曲がればゴールはすぐよ。頑張って」

そんなことを言われても、公人の足は既に全力を使い果たしており、前に進むのがやっとというところだった。

もはやこれまで。ああさらば十六年間共にしてきた我が身体よ。これからカケルくんに乗っ取られてしまうらしいが、せいぜいその貧弱なボディでカケルくんの足を引っ張って、彼のスプリンター人生を台無しにしてやってくれ。

などと、公人が後ろ暗い覚悟を固めた時である。

「あ」

公人は信じられないものを見た。

汗ひとつ流さずに少し先を走っていた高嶺が、足元に落ちていた雑巾《ぞうきん》を踏んづけ、空中に綺麗《きれい》な弧を描いたのである。

ずるり。どがしゃん。

結果、彼女は受け身も取れずに床へとダイブ。その美しい顔を汚い廊下に打ち付けることとなった。

「高嶺さぁぁあああああん⁉」

よりにもよってラストスパートでとんでもないポカをやらかした高嶺に、公人の足も思わず止まった。

「……すごく、痛いわ」

ぷるぷると震えながら高嶺は顔を上げる。涙目で、整った鼻筋から血が滴っている。ダメージは深刻である。

無論、この千載一遇の好機をカケルくんが逃すはずもなかった。

彼は倒れ伏している高嶺の背後で足を止め、奈落《ならく》の底《そこ》のような眼窩で見下ろした。両腕骨をカマキリのように構え、今にも襲いかからんとしている。

絶体絶命のピンチであるというのに、高嶺は倒れ伏したままの状態でにっこり微笑んだ。

「手塚くん。どうやら私はここまでのようだわ。せめてこの醜態を面白おかしく記述して、私の末期《まつご》をエンタメとして昇華させてちょうだい」

「諦《あきら》めるのが早すぎる！」

　公人は叫びながらも左右に視線を巡らせた。

　左側にはこの身体入れ替わりレースの終着点、旧生物室が見える。そして右側には我が子を逃がすため、わざと猟師の罠《わな》にかかった母兎みたいな格好の高嶺が見える。

　どちらの方向へ進むべきか。

　これが、公人にとって最初の選択だった。すなわち、彼が《主人公》として、一体どんな《物語》を紡ぐのかという分岐点だ。

　答えは、わりかしすぐに出た。

「あー、もうッ！」

　公人は踵《きびす》を返した。ゴール目前にしての逆走。向かう先は高嶺もといカケルくんだ。

　それを選んだ。

　公人は全力疾走時よりも前のめりになって、足に力を込める。半身になって、肩を丸めて、その後なんて知ったことかの、全力のタックルをカケルくんにお見舞いした。

　カケルくんの全身を構成しているおよそ二百ほどの骨が、タックルの衝撃を受けて四方八方にばらばらと吹き飛んだ。

「高嶺さん！　逃げて！」

完成したジグソーパズルのど真ん中にダイブしたみたいに、大小様々な骨に囲まれながら、公人は高嶺に向かって叫ぶ。

彼女は鼻血を垂らしながらきょとんとしていた。

「そんな、駄目よ。手塚くんはどうするの」

公人は少し考えて、

「自慢じゃないけど、ドッジボールでは最後まで残るタイプだった。だからまぁ、大丈夫でしょ」

乾いた笑いが出た。

強がりであり、鼓舞でもあった。本音を言えば今すぐ逃げ出してしまいたかったが、彼に残ったなけなしの男気がそれをなんとか抑えているという状況だ。

本音を言えば生き延びて明日《あした》の朝日を拝みたいが、高嶺を犠牲にして生き残ったところでその後の社会的地位は死んだも同然。ならば肉壁くらいの役割は果たすべきだろうと考えたのだ。

「……わかった。でも、いなくなっちゃ嫌だからね」

高嶺が鼻血を拭《ぬぐ》って素直にゴールへ向かってくれたことに公人は安堵《あんど》する。

が、状況は依然として切迫していた。

ばらばらに飛び散ったカケルくんのパーツたちはカタカタと音を鳴らしながら浮かび上

がり、磁力で繋《つな》がれているかのようにもとの形を取りつつあった。

それどころではない。カケルくんはどうやら極上の獲物を逃してしまったことに大変お怒りの様子で、己の左腕を剣のように握り込み、ブンブンと振り回して公人の脳天を撃ち抜く準備をしていた。威嚇のつもりなのか、歯をカチカチと鳴らしてもいる。

全身全霊のタックルで余力を使い果たしてしまった公人は壁に寄りかかりながら、さてどうしたもんかと苦笑い。

生まれたての子鹿もかくやというほどにぷるぷる震える足では、もはや逃走による生還は望めそうにもない。怒り心頭で繰り出されるボーンスラッシュをなんとかかいくぐりながらゴールを目指すというのが唯一の勝ち筋だった。

公人はカケルくんの右手を見やる。予備動作からタイミングを見計らって避けようとしている。

回避が早くても遅れても死に至る壮絶なリズムゲームだ。緊張が走る。

まだか。まだか。まだか――

『右へ横っ飛び！』

最終的に公人の身体を動かしたものは、己の直感ではなく、鼓膜をぶち抜くほどの大声だった。

震える足を奮い立たせて不格好に横ジャンプ。公人は着地に失敗し、床板に膝《ひざ》を打ち付ける。じんわりと痛い。しかし、よく知っている痛みだ。

起き上がって、ぞっとした。

先程まで公人が寄りかかっていた場所に、カケルくんの左腕が深々と突き刺さっていたのだ。床板はあっけなく砕かれており、引っこ抜くのも大変そうだ。回避が遅れていたら、公人の頭があああなっていた。

『もしもーし！　公人お兄ちゃんですかー？　まだ生きてますかー？』

公人のポケットの中から、先程命を救ってくれた声がする。デジタルネイティブ世代の瞬発力を発揮して、ガンマンのようにスマホを取り出した。

画面に、見慣れないアプリのミカンアイコンと、『網籠《あみかご》ミカコ』という見知った名前が表示されていた。

「ミカコ!?　なんで？」

『あ、まだ生きてるですね！　間に合ってよかったです。さすがのミカコも生きたまま脊《せき》髄《ずい》を引っこ抜かれる映像データなんて欲しくないですからね』

どういうワケか、電話越しのミカコは、公人が今まさにカケルくんの餌食になろうとしていることを知っていた。

『疑問ヤマヤマだと思うですけど、今は目の前の危機にリソースを費やすです。カケルくんにスマホを向けてもらえるですか？』

疑問符が湯水のように湧き出ている公人だったが、生存本能がミカコの指示に従うべきだと告げていた。

床板を崩壊させながら左腕を引き抜くカケルくんへ向けて、リモコンのようにスマホを向ける。

『ふむふむ。どうやら憑依《ひょうい》タイプのようですね。おっけです。物理判定があるなら予測はたやすいです』

「何の話？　僕はどうすればいい？」

『気になるなら後で教えるですよ。今は動かないで、スマホをそのまま』

「動くなっつったって！　まだ目の前にいるんだぞ！」

カケルくんは既に振りかぶりのモーションに入っていた。

公人は腰を抜かしていて、じりじり後ずさるのが精一杯だ。先程のような回避は望めそうにもない。

実にわかりやすい、絶体絶命の場面というやつだ。

『いえ、もう大丈夫です。専門家が到着してるです』

しかし、残りのページ数からもお察しの通り、公人がここで骨抜きにされてしまうことはない。

主人公というものは頻繁に恐怖のどん底に突き落とされるが、必ずそこには救いの糸が垂らされているものだ。

今回も、ご多分に漏れずその形である。

ひゅん。

風切り音と共に、棒状の何かがカケルくんの肩甲骨を撃ち抜いた。逆三角の平骨が衝撃によって本体から分離し、根本をやられたことで必然的に上腕骨も明後日《あさって》の方向へと吹っ飛んでいった。

カッカッカと跳ねながら、それは公人の目の前に落ちた。モップである。柄の部分に、なにやら記号的な刺繍《ししゅう》が縫い込まれたなめし革が乱雑に巻かれていた。

その革と糸には見覚えがある。

公人は、その出来損ないの武器が飛んできた方向に目を向けた。

「お待たせしましたわ」

薔薇園まりあが、不敵な笑みを浮かべながら廊下の奥からやってきた。

薔薇園は、腹ごなしの散歩みたいな気楽さで歩みを進め、モップを拾い、そしてカケルくんと対峙《たいじ》した。

　カケルくんの弾けとんだ右肩は糸で引っ張られるようにもとの位置に戻り、再び成人男性の一般的な骨格を形成する。しかし度重なる邪魔により、その怒りはもはや最高潮のようだ。全身の骨がカタカタと音を立てて震えている。

　危機的状況に対して現れた見知った顔。しかもなんだか訳知り顔。

　彼女が只者《ただもの》ではないということなどわかっていた。

　しかし、喉《のど》から出かけた「助けてください」という言葉をぐっと飲み込んで、公人は叫ぶ。

「薔薇園先輩！　何してるんですか！　危ないんで逃げてください！」

　身を案じる公人の叫びを聞いて、振り向きざまに薔薇園は笑う。説法を聞かされた釈迦《しゃか》みたいな笑みだった。

「あら？　フヌケ野郎かと思いきや、少しは主人公らしいことも言えるんですのね。でも、その察しの悪さは減点ですわよ」

　言いながら、薔薇園はモップを振り回す。カケルくんへ、横薙《よこな》ぎに一撃。手首を回転させて上から更に一撃。背中を経由して肩からもう一撃。

　ペン回しのような滑らかな動きで、彼女はカケルくんをシバき続ける。叩《たた》かれるたびに、カケルくんの骨から破片が飛んだ。

『まりあお姉ちゃん。後ろです！』

「ん」

背後からの奇襲にも、薔薇園は危なげなく対応する。

密かにカケルくんが分離させ、挟み込むように首根っこを狙っていた左手首を、モップの柄で受け止める。金属と骨がぶつかりあう嫌な音が鳴ること数回、ついに手首は叩き落とされた。

「ったく。おイタは厳禁とでも言うように、薔薇園はそれを踏みつけにする。

「ったく。数時間かけて編み込んだ魔術刺繡がパァですわ。どうしてくれるんですの。時は金なりですのよ」

先程の鍔《つば》（？）迫り合いで、モップの柄に巻かれたなめし革は呪詛《じゅそ》に触れてしまったお守りのように黒ずんでしまっている。薔薇園はそれを苛立《いらだ》たしげに放り投げた。

得物を失ったというのに、彼女の表情からは動揺ひとつ感じられない。

「なんだか、すっごくプロって雰囲気を感じる動きね」

その立ち振舞いを見て、いつの間にか背後に来ていた高嶺が感想を漏らした。公人もこくりと同意する。

「一体、先輩は何者なんだ」

『まりあお姉ちゃんは魔女の末裔《まつえい》なのですよ』

公人が疑問を口にした時、タイミングよくスマホから解説が挟み込まれた。

『魔女といっても、一般的なイメージとは違うです。いわゆる魔法使いの血族じゃなくて、特殊な技術を受け継ぐ職人の一派という感じですね。カケルくんみたいな存在は、彼女たちにしてみれば素材のための獲物です』

「ワクワクする説明ね。胸が躍るわ」

「そんなもの本当に存在するのか？」

『証拠は目の前にあるですよ』

　カケルくんがまたも構える。しかも今度は背中からの大振りだ。まともに受ければそのまま文字通り骨が折れてしまいそうな一撃を、あろうことか、薔薇園は素手で受け止めた。

——いや、違う。ガキンと金属質な音が鳴った。火花も散った。彼女の手には、いつの間にか丸っこい十手のようなものが握られている。

　それは、裁縫の際に用いるスティッチリッパーであった。縫い糸を断ち切る時に使うアレである。

　薔薇園はノドの部分で振り下ろされた上腕骨を受け止め、横に弾いた。すばやくしゃがんでリッパーの先を股関節《こかんせつ》に差し込み、テコの原理でこじ開ける。ばぎりと嫌な音がして、カケルくんの右足が根本から剝《は》がされた。

「裁縫道具で戦うのね。私、こういうケレン味好きよ」

「のんきに見物してる場合じゃないよ。僕らも何か手を打とう」

『あー！　ヘタに動こうとしないでください！　演算が合わなくなるです！』

「演算？」

『はいです。今、ミカコは音や電波の反響でカケルくんの行動をシミュレートしてるです。こっちに危害が加わりそうになったら事前に察知するためですね。これには高度な演算処理が求められるので、座標はなるべく動かさないでください』

「僕の型落ちスマホにそんなことができるとは思えないけど」

『バッテリーの寿命と引き換えの大技です』

どうりで先程からスマホがアチアチなわけである。

「……っていうか、お前も普通の人間じゃないんだな」

『最初に言ってるですよ？　ミカコはハイスペックな電子生命体です』

「今になってようやく、その言葉を信じたよ」

怪異だとか、魔女だとか、電子生命体だとか。

公人の中には未だに受け入れがたい気持ちがある。しかし、目の前の光景を見てしまうと、それらの非現実的な存在を信じずにはいられない。

「ふふふ。うまく躱《かわ》した気になっているようですが、残念。あなたは既にわたくしの術中に嵌《はま》っていますわ」

なぜなら冒頭のホラー要素はどこへやら、すっかり絵面が週刊少年誌のできそこないバトル漫画みたいになっているからだ。

よく目を凝らして見ると、廊下にいくつもの光る筋があることに公人は気づく。

そして、薔薇園とカケルくんが骨と裁縫道具によるシュールな鍔迫《つばぜ》り合《あ》いを繰り広げるたび、それは一層また一層とカケルくんの身体に絡みついていった。

金色に光る細い糸である。

出どころは高嶺の握るリッパーの先、それが振るわれるたびに、少しずつではあるが確実に、カケルくんの動きを制限していった。

「ようやく止まりやがったですわね。まったく。大した馬鹿力ですこと」

しまいには、カケルくんの主要の骨という骨が糸に搦《から》め捕られ、カタツムリの歩みにも劣る速度でしか動けなくなっていた。

それでもなお、ぎぎぎと薔薇園に腕を振り下ろそうとしているのは、それだけこの世に強い未練を残しているということだろうか。

「でも、残念ながらわたくしの作戦勝ちですわ。覚悟の準備はよろしくて？」

さんざん打ち据えられたせいでひび割れてしまっている髑髏頭《どくろ》を不敵に見つめながら、薔薇園は左手に装着した暗器のような巨大針で、カケルくんの胸骨をつんつんする。

彼女は宣言した。

「魔女の針仕事《ウィッチ・クラフト・ソーイング》《バリオン・ステッチ》」

合図と共に、左手を引いた。巻き付いていた糸がギュンと縮んで、カケルくんの身体を締め付ける。

もがくが、無駄だった。

隙間から広げた手のひらが救いを求めるように伸ばされたが、それも金色の糸に飲み込まれた。無慈悲な搦め捕りは、辺りに張り巡らされた金の筋がなくなるまで続いた。

あっという間に、カケルくんは繭のような金色のカタマリになってしまった。

「お二方。もう大丈夫ですわよ。怪異の拘束は完了しましたわ」

薔薇園が、公人と高嶺に向かってそう声をかけた。

公人は薔薇園に近寄った。

正確には、ミカコが『近づいてください』と指示を出したのでスマホ運搬係として役目を果たしただけだ。

『これ、どうするです？』

ミカコの目、もといスマホのカメラはぐる巻きにされたカケルくんに向けられていた。

手も足も出ない状態にされているが、まだ中身は健在らしく、時折表面に手の形が浮き上がるので、安心安全という気分にはなれない。

「本物の人骨であれば素材的価値もありますけれど、元の素材は市販の骨格模型なのでしょう？　わたくしはいらねぇですわ」

『ミカコも今スキャンしたですが……うーん、特に目新しいデータはないですね。よくある局所的ミーム型怪異が物体に憑依《ひょうい》したやつです』

「お互いハズレってことですわね。もう少し検分してから、秋円寺さんに押し付けてしまいましょうか」

『そうするです。さっき連絡したので、たぶんすぐ来るですよ』

専門用語の飛び交うやり取りは耳に入ってもすぐに頭から抜けていったが、最後に飛び出した聞き馴染《なじ》みある名前だけは逃せなかった。

おずおずと片手を挙げて、公人は話し合いに割って入る。

「あの、ひょっとして秋円寺のやつも、そっち側の……なんていうか、特殊な力を持ってるんですか？」

「そうですわよ」

こともなげに薔薇園は返答する。

なんということであろう。高嶺が集めた超文芸部メンバーのうち、公人以外が全員、《物語》に出てくるような異能力者であったとは。

「そんなことあるかい」

無論、こんなことが偶然起きるはずはない。何かしらの力が働いているはずだ。

裏で手ぐすね引く黒幕の手のひらでワルツを踊らされる前に、真相究明を図る必要がある。

そう思って公人が問いかけるべき質問を考えていると、廊下の奥からドタドタドタと床板を踏み鳴らす音がした。

足音だけで誰が来るのかわかった。

「我が主！　ご無事ですか！」

言うまでもなく、先程会話に登場した秋円寺である。

本当に高嶺の言いつけを守って野良犬を躾《しつ》けようとしていたのか、学ランのあちこちに犬の毛が付着していた。右足のほうには嚙《か》み跡までついていた。

彼は公人たちを路傍の石ころ同然に無視し、一直線に高嶺に歩み寄った。

「我が主。お怪我はありませんか？　トラウマが生まれてはおりませんか？」

「平気よ。ちょっと転んで鼻血は出てしまったけれど」

「……ご安心を。そのケジメはきっちりとつけさせていただきます」

秋円寺の眉《まゆ》がピクリと動く。

振り返り、ターゲットを逃したヒットマンみたいに、血走った目をぎょろぎょろと巡らせる。そして視線は廊下に転がっている金色の繭に向けられた。

「……こいつか。我が主に血を流させた狼藉者《ろうぜき》は……！」

「ご名答ですわ。無力化はこちらで済ませましたので、あなたには処理をお願いしたいんですの」

「よかろう」

「では、合図したら糸を解きますので、そのままズバッといっちゃってくださいまし」

「チリひとつ残さずこの世から消してやる……！」

恨みがましく物騒なことを口にして、秋円寺は己の腕に巻かれていた包帯をほどく。

ただの厨二病《ちゅうにびょう》ファッションかと思いきや、隠されていた手の甲には、彼の浅黒い肌に溶け込むような黒いタトゥーが刻まれていた。模様こそ五芒星《ごぼうせい》と厨二病的にはスタンダードなものではあるが、不可逆ゆえに神秘性を感じさせる。

彼は手を掲げて五芒星と見つめ合うようにしながら言葉を紡ぐ。

「盲目にしてすべてを識る神よ……闇に蠢《うごめ》くおぞましきものよ……光に見放された汝《なんじ》に向けて、ただひとつの祝福を与えよう……我が肉と皮を盾として、この地に影を落とし給え《無貌の神《ヴィヤグウーナ》》、装神」

中学生が授業中に頑張って考えたみたいな祝詞《のりと》を紡ぐと、廊下に伸びていた秋円寺の影がぬるりと浮き上がって、彼の身体にまとわりついた。

どす黒い闇に包まれた秋円寺のシルエットが、腕、足、胴体と変化していく。

闇が晴れた時、そこに立っていたのは、学ラン姿の高嶺過激派オタクではなく、黒鉄のプレートアーマーを身にまとった騎士であった。

どこの戦史にも登場したことのないような、半球体と棒を複雑に組み合わせた奇抜なデザインをしている。手に握られているのは輪郭が常にぼやけているサーベル風の影の剣。

頭部のみはなんの装備もなく秋円寺の素顔丸出しであるが、彼の素肌の鎧《よろい》がうまく調和しており、なんだかやたらと格好良く見えた。

「消えて無くなれ」

秋円寺が指揮者のように軽やかに剣を振るい、カケルくんが捕らえられている金色の繭を一撫《ひとな》でした。影の剣は繭を素通りし、その後数秒間は何も起こらなかったが、

「抹消」

と、秋円寺が合図を送った途端に、まるで見えない何かに包みこまれていくかのように姿が黒々と染まってゆき、しまいには跡形もなくなってしまった。

「ふん。これにて一件落着だな」

秋円寺が指パッチンを鳴らし、サーベルを空中で十字に振るった。

それは何かしらの儀式の解除を意味していたようで、《無貌の神《ヴィヤグゥーナ》》によってもたらされた黒鉄の鎧は床に溶けるようにして沈み、もとの秋円寺の影へと戻っていった。

いつもの暑苦しい学ラン姿を取り戻した彼は、キザったらしく白髪を掻《か》き上げ、公人たちに向き直る。

「これで怪異の処理は完了したぞ。我が主に害を為す存在がまたこの世からひとつ消えた。なんと喜ばしい――」

「クソボケーッ！」

しかしそこに薔薇園のドロップキックが炸裂《さくれつ》した！　倒れざまに取られるマウントポジション！　流れるような往復ビンタが計二発！

「わたくしが合図してから処理しろと言ったじゃありませんの！　糸ごと消しやがってですわ！　今すぐ元に戻しなさい！」

「ふははは！　断る！　というか私にも一度抹消したものは元に戻せん！　残念だったな薔薇園まりあ！」

「あの金糸、一メートル単価いくらだと思ってんですの！　いいから吐き出しなさい！　さもなくば弁償なさい！」

「よく考えろ。この世から我が主に害為す存在がひとつ消えたのだぞ？　貴様の糸はそいつを逃さぬための捕縛縄として十二分に役に立った。それだけで金銭では測れぬプライスレスな価値が発生したと言えるだろう」

「もおおおお！　ただでさえタダ働きなのに、クソバカのせいで大赤字ですわ！」

黒騎士は笑い、魔女は嘆いた。なにやらエキスパート間で別個の問題が発生したようであるが、カケルくんという怪異に端を発するトラブルについては、これでひとまず解決と断じてよさそうだ。

「みんな」

しかし、疑問は山積みである。

高嶺は一同に向かって、有無を言わせぬ凄味を含ませながら言った。

「今回のこと、詳しく話を聞かせてもらうわよ」

《第三章》ファースト・ターニングポイント

一部損壊した旧校舎を放置して、公人《きみと》たち一行は超文芸部の部室へと戻った。

皆が所定のパイプ椅子に腰掛ける。ミカコは公人のスマホから脱出し、モノリスに戻って広くなった画面の中で身じろぎをした。

高嶺《たかみね》は一人立ち上がったまま、皆の顔を順に見つめる。そして言った。

「まずは、みんな、危ないところを助けてくれてどうもありがとう。あなたたちがいなければ、私か手塚《てづか》くんのどちらかがカケルくんに身体を乗っ取られていたでしょうね。その点については感謝してもしきれないわ」

彼女は両手を身体の前で重ねてうやうやしくお辞儀をした。命を助けられたことに感謝しているのは公人も同感だったので、誰も見ていないけれど軽く頭を下げた。

きっかり三秒頭を下げて、高嶺は顔を上げた。そして今度はこっちのターンだとばかりに両手を腰にあて、頬をぷくーと膨らませる。

「でも、どうしてこんなワクワクする正体を教えてくれなかったの？　カケルくんのことだって、実在するって教えてもらっていたら、もっと緻密《ちみつ》な作戦を立てていたのに」

ぷんすかしている理由が「おかげで死ぬところだった」という至極当然なものではなく、明後日《あさって》の方向にズレたものであるのは実に高嶺らしい。

しかしそれでも他の三人が困ったように顔を見合わせたので、公人は助け舟を差し出した。

「高嶺さん。こういうのはあれだよ、迂闊《うかつ》に一般人に正体を明かすことはできないってやつなんじゃない？　フィクションだと大体そうじゃん」

「いえ、大っぴらにしないのであれば別に構いませんわ。わたくしの場合、店の常連さんやご近所さんには正体を明かしてますし」

『ミカコはそもそも隠してるつもりなかったです』

「同じく」

「ああ、そうですかい」

しかし、ものの見事に空振りに終わった。

「というより、高嶺さんはわたくしたちの正体をご存知とばかり思っていましたわ。だって、集められたメンバーが狙いすましたかのように『こちら側』の人たちばかりなんですもの」

「それなんですけど、先輩たちのバックにいる組織が一枚嚙《か》んでるとかじゃないんですか？　偶然こんなことにはならないでしょ」

「少なくともわたくしは個人事業主ですわ。ミカコさんや秋円寺《しゅうえんじ》さんは同業他社といったところですわね」

『たまーに協力してハントすることもあるですけど、基本ノータッチです。お互いの活動方針も違うですし』

「私は我が主にしか従わん」

「ああ、そうですかい」

またも空振りである。そろそろ発言に自信がなくなってきた。

「私は物語に出てくるような個性の強い人たちに声をかけただけだったのだけれど……ここまで大当たりだと自分の選球眼に驚くほかないわね」

『もうひとつ可能性はあるですよ。千尋《ちひろ》お姉ちゃんの能力っていう可能性です』

『能力』という単語に、高嶺はピクリと反応した。

「実にそそられる言葉ね。詳しく聞かせてちょうだい」

『千尋お姉ちゃんって、今までになにか不思議な体験したことあるですか？』

「そうね……すべて幼い頃の話だけど、カッパと相撲を取って土俵際まで追い詰めたり、アブダクションされてＵＦＯ内で一週間のホームステイをしたり、ハイジャックされた飛行機で一か八かの囮《おとり》役を引き受けたりしたことがあるくらいかしら」

公人の予想を遥《はる》かに上回るエピソードの濃さだった。よくもまぁそれで「なんの面白みもない人生を送ってきた」などと言えたものだ。

『だとすると、やっぱり千尋お姉ちゃんも能力者なのでは？　因果律操作とか、願望の引き寄せとか、そういう類のやつです。千尋お姉ちゃんは物語を実現しようと超文芸部を作ったですよね。メンバーを集める時に無意識に能力がはたらいて、数ある生徒の中からミカコたちを選別したのではと思うです』

ミカコの分析に、他のメンバーも追随した。

「確かに、それだとカケルくんが出現した理由にもなりますわね。もともと怪異が生まれやすいという土壌はあったのでしょうが、直接的なきっかけは高嶺さんの能力だったと」

「我が主であればそのくらいの力を持っていてもおかしくはないな」

「なんてこと……なんの変哲もない私にそんな能力が秘められていただなんて！」

高嶺はまるで拾った宝くじに一等の当選番号が記されていたみたいに感極まっている。

「もしその話が本当なら、こんな嬉《うれ》しいことはないわ。私たち超文芸部が紡ぐ物語の可能性が一気に広がるんだもの。現代ファンタジー、ホラー、ミステリ、ＳＦにラブコメ……ああ、よりどりみどりでどれを選ぶべきか迷ってしまうわ」

「こちらとしても大助かりですわ。バトル方向に話が進むのであれば、素材調達に事欠かなくなりますもの」

『ミカコもたくさんデータが採取できそうで嬉しいです！』

「我が主、万歳！　我が主、万歳！」

やんややんやと登場人物たちが盛り上がる中、ひとり、輪の中に入れず疎外感を味わっている者がいる。

「ちょっといいか？」

我らが《主人公》、手塚公人である。

彼は期待と諦観《ていかん》がごちゃまぜになった複雑な表情で問いかけた。

「高嶺さんは引き寄せの能力を持った特別な人間だった。それはいい。で、そんな高嶺さんに集められた他のメンバーもなんらかの非現実的な存在だった。これも別に構わない」

そこまでが前置きだった。

「じゃあ、僕はどうなんだ？　今のところなんにも兆候がないんだけど……これ、あとでなんか能力が覚醒《かくせい》するって考えていいんだよな？　僕だけ凡人のままってことはないよな？」

悲痛の籠《こ》もった問いかけである。

これまで非現実的な存在や事象については「あるはずがない」というスタンスを崩してこなかった公人だが、否定のしようがない証拠を次々見せられたせいで、固定観念を粉々にされてしまっていた。

　そうなると、芽生えるのはかつて頭に思い描いていた妄想の数々である。ひねくれていた彼にもそういう時期はあったのだ。

　魔法、超能力、サイバネティックスにオーパーツ。とにかくなんでもいいから、物語で活躍できるような個性が欲しかった。

　登場人物たちは答えた。

「いえ、手塚さんには何の素養も感じませんわ」

『ミカコの分析によれば、公人お兄ちゃんに能力が目覚める可能性はほぼゼロです！』

「思い上がるなよ凡人が」

　すがる余地もないほど一刀両断された。

　ただでさえオーバーキルな宣告を受けた公人であるが、トドメを刺したのは、むしろ優しげな口調で放たれた高嶺の一言だった。

「大丈夫よ手塚くん。一般人に近いほうが読者の目線に立って物語を記述できるじゃない。なんの能力もなくたって、あなたは私たちの主人公よ」

「ああ、そうですかい」

　三度目の正直はならずして、空振り三振に終わった公人である。

　今度こそ完全に彼はふてくされた。

どれだけの非日常を経験しようが、時間は先へと進むし日は沈む。すなわち学校を追い出されて家路を歩くことになる。家に帰らなくては晩ごはんは食べられない。

そういうワケで、公人と高嶺は二人一緒に下校していた。徒歩通学の高嶺に合わせて、公人も自転車を降りて並んで歩く。

二人が歩いているのは街を東西に分かつ大きな川の土手である。さらさらと流れる水面が、夕日を反射してオレンジ色に光っていた。

出し抜けに高嶺が言った。

「手塚くん。私のお尻《しり》を叩《たた》いてくれない？」

「いきなり何を言い出すんだ君は」

命の危機を経験した公人は、もはやこの程度では動じなくなっていた。正面を向いたまま、ノータイムでそう返した。

「いいえ。バリバリに正気よ。ただ、今日の出来事があまりにも衝撃的で、嬉しくて……ひょっとしたら、私が見ている都合のいい夢なんじゃないかって思ってしまうの」

「だからって軽率にそんなことを頼むんじゃないよ」

「顔面にビンタでもいいのよ」

「どっちも断る。セクハラも暴力もまっぴらごめんだ」

「むぅ。じゃあ自分でやるしかないわね」

公人はぎょっとした。こんな往来でセルフスパンキングに踏み切られてしまったら、さすがに彼女を羽交い締めにして説教するしかなくなる。

しかし高嶺のネジはそこまで外れてはいなかった。彼女は自分の頬を抓《つね》ってむにむにと弄《もてあそ》んだだけだった。

「ひゅめれはなひゃひょうへ」

顔のパーツが数ミリズレただけでも人の印象は変わってしまうものだが、高嶺は変顔をしても相変わらず美人であり続けた。

「紛れもない現実だと思うよ。どうやらこの世界は僕らの想像よりも摩訶不思議《まかふしぎ》なことで溢《あふ》れてるみたいだね」

それらの非現実的な要素に振り向いてもらえなかった公人が言う。

今日で公人の世界に対する認識は大いに塗り替えられたが、彼は何も変わらず凡人のままである。高嶺は主人公と呼んでくれているが、自分が一介のモブに過ぎないことなど、公人自身がよくわかっていた。

だから彼は提案した。

「高嶺さん。悪いことは言わないから、代わりの主人公ってやつを探しなよ。君の力が本当なら、僕よりもふさわしいやつなんてゴロゴロ見つかると思うよ」

「手塚くんよりも主人公にふさわしい人って……たとえばどんな人？」

「そりゃ、秋円寺たちや君みたいに特別な何かを持ってるやつだよ。人工的に作られた超能力者とか、人間と妖怪《ようかい》の間に生まれたハーフとか、妖精《ようせい》と契約した魔法少女とか」

「どれもイマイチそそられない設定ね」

「今のはただの一例だよ。でも、モブ同然のスペックな僕よりはマシだろ？」

「いいえ。そんなことはないわ」

いやにきっぱりと高嶺は断言した。

「確かにそういった人たちも、別の物語では主人公になるのでしょうね。でも、私が実現させたいと思っている物語の主人公は、手塚くん以外ではありえないのよ」

「過大評価、どうも」

「そういう皮肉屋めいたところも手塚くんの魅力のひとつね」

自虐を盾にした自己保身でも拒否前提の予防線でもなく、よかれと思った提案だったが、それでも高嶺は配役を変えようとはしなかった。

完璧《かんぺき》美少女にここまで評価されるのは悪い気分ではないものの、身分不相応の対応を受けている気分も捨てきれない。

彼女は公人が書いた『旧校舎コドク倶楽部《くらぶ》』のファンということだが、一体あの作品のなにが彼女をここまで惹《ひ》きつけたのだろう。

考えてもわからなかった。

「それに、手塚くんは自分で思っているよりも主人公の素質があると思うわよ。今日だってヒロイックな精神性を発揮してたじゃない」

「……僕、なんかしたっけ？」

「そういう鈍感なところはザ・主人公って感じね」

「本当に身に覚えがないんだよ」

公人はカケルくんと遭遇してからの一部始終を回想するが、ひたすらビビり散らして脚を震えさせていた記憶しかない。活躍らしい活躍は、薔薇園《ばらぞの》をはじめとする個性豊かな面々にかっさらわれた。

「私が転んでカケルくんに襲われそうになった時よ。まだ助けが来るかどうかもわからなかったのに、私をかばってくれたじゃない」

「ああ……うん？」

思い出しはしたが、いまいち納得がいかなかった。

「結局失敗したし、あのくらいのことは男子ならみんなやると思うけどな」

「結果も程度も関係ないの。大事なのは、その行動でメインヒロインの心がときめくかどうかなの」

「ときめいたの？」

「キュンキュンしたわ」

「恐怖心と恋心を錯覚しやすい性格みたいだね。異性と一緒に吊《つ》り橋《ばし》渡らないほうがいいよ」

「人の気持ちは素直に受け取ってよ、もう」

珍しく高嶺が年相応のふくれっ面を見せた。

普段とのギャップに、公人も危うくときめきかけた。


高嶺と別れた後も、公人はなんだか早く帰る気分になれず、そのまま自転車を押して家路を歩いていた。

そこそこの距離を歩いたというのに、相変わらず彼の脳内では今日起きた出来事が延々とループ再生されていた。

超文芸部の設立、カケルくんとの遭遇、生命の危機、魔女・電脳生命体・黒騎士といった各登場人物の正体、バトル展開、そして最後には完璧美少女との青春っぽい会話。

どれか一つでもお腹いっぱいな出来事であるというのに、それらのイベントの数々はここ半日の間に立て続けに起こった。

なんという密度だ。本当に昨日までと同じ時間が流れているのか。

　そもそもあれらの非現実的な出来事は本当に起こったことなのか。

　実在するのならば、なぜこれまで世界及び自分の視界から身を隠し続けていたのに、今になって姿を現したのか。

　一体どういう原理なんだ。

　莫大《ばくだい》な予算によって作り込まれた壮大なドッキリなんじゃないのか。

　そんなことを、公人は飽きもせずに考えつづけていた。

　思慮深い性格というものは、語り手を担うにあたっては長所だが、こんなふうに袋小路にハマってしまうと厄介なことこのうえない。展開が先へ進まなくなってしまう。

　物語の舞台設定に「なんでそうなる」と疑問を抱かれても答えようがない。

　そういうものだからだ。

　いくら理論武装を試みようと、この《物語》がフィクションである以上、必ず現実世界との齟齬《そご》が生じてしまう。いたちごっこを繰り広げても文字数がかさむだけで根本的な解決にはならない。

　結局のところ、登場人物にも読者にも、どこかで折り合いをつけてもらうしかないのである。

　今回、公人の脳内の霧を晴らしたのは、積み重なった疲労と歩いて稼いだ時間だった。ようはだんだんと面倒くさくなった。

世の中には自分の理解の及ばないことが当たり前に起きている。世界とはそういうもので、今回はたまたまその渦に巻き込まれただけなのだ。

公人はそのように結論づけて、ようやく前を向いた。

そういうことにしておこう。


日が沈んで薄暗くなり始めた住宅街ではたと止まり、公人は後ろを振り返った。

誰もいない。

チカチカと点滅する街灯や、道路標識があるばかりだ。通行人どころか車の一台すらも走っていない。

公人は電柱の陰や一軒家の門、果てはブロック塀の上などに視線を走らせる。結果は同じだ。誰もいない。

「なーんか、視線を感じるんだよなぁ……」

彼の口から心境が吐露されたのは実にありがたい。

思考を覗《のぞ》かなくて済むうえ、ナレーションよりも信憑性《しんぴょうせい》が高くなる。それに、いつまでも地の文ばかりでは読者も目が滑ってしまうというものだ。たまにはセリフもあったほうがいい。

そう、公人は視線を感じていた。

一人きりになったことでより顕著になったが、この気色悪い視線は昨日からたびたび感じていたことを思い出す。

公人は記憶を辿《たど》った。

いつからだ？　時間でいえば昨日の昼からだ。高嶺さんと会うその直前。確かあの時に初めて感じた。

ずっと誰かに見られていた？　いや、そうでもない。ない時もあった。基準はなんだ？

なにか重大な真実に触れようとしているような気がして、公人の脳はフル回転した。

視線を感じたのは、超文芸部の面々と会話している時や、カケルくんに襲われた時。さっき高嶺さんと会話している時もじんわりあった。

なんで思い出せる？　そうだ。一日の中でそれが特筆すべき出来事だったからだ。

物語。

小説。

フィクション。

それらの単語が、公人の脳内で鮮明に浮かび上がった。表情が、どんどん険しくなっていく。

うん。よし。

そろそろ頃合いだろう。

公人はその時、今までにないくらい強烈な視線を感じて、後ろを振り向いた。

「――ッ！」

一冊の本が落ちていた。

歩道の真ん中に落ちていた。さっきまで見ていた場所に落ちていた。だというのに小綺《こぎ》麗《れい》で、装丁には汚れ一つついていなかった。

あまりにも不自然な状況だった。そんなことはわかっていた。

しかし公人は恐る恐る近づいて、その本を手に取った。

文庫本だった。ライトノベルだった。角川スニーカー文庫から出ていた。美麗なイラストで、見覚えのある完璧《かんぺき》美少女が描かれていた。

表紙の装丁にポップな字体で記されていたのは、次のようなタイトルである。


『僕はライトノベルの主人公』


お察しの通り、読者諸君が今現在読んでいる、この本だ。

公人は街灯の下に自転車を停めて、本を開いた。

数ページほど読んで、手が止まった。

「は？」

それもそのはず。そこに描写されていたのは、他ならぬ自分の、昨日から今日にかけての行動なのである。

最初の数ページは、高嶺との邂逅《かいこう》が記されていた。発したセリフはおろか、自分がその時に抱いていた思考まで、克明に記述されている。

「ッ！」

公人は思わず本を閉じて、暗がりを見渡した。

「おい！　誰だ！　僕をストーキングしてんのは！」

怒号は、しかし、住宅街に虚しく響くだけである。

「人のプライバシーを何だと思ってやがる！　外面だけならまだしも、内面まで見やがって！　さてはテレパシーとか千里眼の持ち主なんだろ！　この変態垣間見ピーピングトムが！　覗くならアリの巣とかにしやがれ！」

どうやら公人は、この本の記述が、なんらかの能力を持った第三者によるものであると思っているらしい。

残念ながら、それは違う。

『僕はライトノベルの主人公』を書いているのは、他ならぬこの三人称視点だ。変態の濡《ぬ》れ衣《ぎぬ》を着せられる登場人物は、どこにもいない。

　とはいっても、公人がこの記述にたどり着くには結構ページを手繰らなければならないから、彼が真実に気づくのはもう少し先の段落になるだろう。

　それまでは彼の行動を見ていようじゃないか。

「人の行動を覗《み》き見して製本するなんて、悪趣味通り越して気持ちが悪い。一体どこの変態だ」

　言いながらも、公人は握りしめた本から目を離すことができなかった。

　自分の言動が第三者視点から描写されているなど悶絶《もんぜつ》もので、決して、中身を見たくはないのだが、自分の心情が果たしてどこまで描写されているのか、それについては一度目を通さなくてはならないように思える。

「……仕方ない、これは、仕方のないことなんだ」

　公人は意を決して再び本を手に取り、心霊映像を見るような気分で、薄目を開けながらページをめくった。

　高嶺との邂逅から始まり、個性豊かな登場人物たちとの出会い、カケルくんとの遭遇から撃退まで、余すところなく書き記されている。

「うぐぅ」

　と、苦しそうな声が漏れるのは、公人が軽口か長尺のセリフを発しているシーンである。

　その瞬間においては「うまいこと言えた感」によって一種の快楽を得ることができてい

たが、いざこうして振り返ってみると、なかなか、キツい。

「なんでコイツ、高嶺さんに対してこんなスカした態度なんだよ。本当は内心ずっとドギマギしてたくせによぉ。ムカつくなぁ」

彼は過去の自分自身に対して非難を浴びせかけながら流し読みしてページをめくる。

そして、第三章まで読み進めたところで手が止まった。

「……ん？」

妙だと気づいたのは、高嶺と一緒に下校しているシーンからだ。

そもそも第二章で記されていたカケルくんとの一連のエピソードについても、すべて今日の出来事である。

それだけでも、この短時間ですべて書ききるのはよほどの速筆家でなければ難しいのであるが、ほんの数十分前の出来事である高嶺との会話まで既に記されているのはどういうことだ？

この本の作者は、未来視でもできて、すべてを見通したうえでこの記述を行ったのか？

一体、なんの目的で？

数多《あまた》の疑問が公人の中で芽生える。

「三人称視点、だと？」

そして彼は、二ページ前の記述にたどり着き、真実を得た。

そう、『僕はライトノベルの主人公』をここまで書いてきたのは、他ならぬ、この三人称視点である。

公人の手が、完全に止まる。

さらなる真実を知るのが恐ろしいのだろうか。

しかし、ここで止まってもらっては、《物語》が先に進まない。

君が自ら動こうとしないなら、三人称視点はこのような記述をせざるを得なくなる。

公人はついに、ページをめくった。

そのページは、後半から白紙であった。

白紙のページに、次のような文章が浮かび上がる。

そう、この作品は今まさに、公人、君の時間に合わせて、リアルタイムで記述されているのだ。

さて、公人。

ついに顔合わせができたのは僥倖《ぎようこう》だ。

しかし、そろそろワンシーンにしては文量が長くなってきたし、ここは一度、スペースを空けて場面を切り替えてみるのはどうだろうか。

いつまでも路上で立ち読みしていたら目も悪くなってしまうし、なにより絵面が完全に不審者だ。

一度帰宅したことにして、君の部屋でゆっくりと、これからの《物語》について話し合おうじゃないか。

どうだい、公人。君の意見を聞かせてもらえないだろうか？

「…………」

公人はただ唖然《あぜん》とするばかりで、返事を貰《もら》うことはできなかった。


「お前の、せいか」

自室の部屋のドアを閉めるなり、公人は本に向かってそう言った。

いささか勇み足である。シーンを切り替えたばかりで、まだ情景描写も満足に終えていないというのに。

「ここは僕の部屋だ。本が多いこと以外は特徴がない。僕は座卓の前に座ってこの本を開いている。これで十分だろ」

うんざりしたような表情で、公人は自らの立ち位置を口述した。

こちらとしては、読者に君の人となりを知ってもらうために、もっと内面に踏み込むよ

うな描写を行いたいものだが、

「いいからさっさと答えろ。お前のせいなのか」

公人が急かすので、この場は引き下がることにした。

三人称視点はすべてを知っている。したがって、君の真意も知っている。

しかし、ここは会話調にしたほうが読者も読みやすいだろうから、あえてこう問いかけることにしよう。

「お前のせい」とは？

その問が、白紙の上に浮かび上がるのを見てから、公人は口を開く。

「昨日から、自分でも『らしくない』って行動を何度かした覚えがある。あれは、お前のせいか」

その通りである。

決して君の行動を全て操っていたとは言わないが、《物語》の進行を優先させるため、君にはその性格に合わないような行動を何度か取ってもらっていた。

三人称視点による描写は客観的な事実である。記述されてしまえば、作中の登場人物は必ずその通りに動かなくてはならない。

「じゃあ今、僕がお前に心底ムカついてるってのも、お前がそう記述したからなのか」

それは違う。

三人称視点が登場人物に強制的な行動を取らせることは、あまり良い手段とは言えない。そうしてしまうと、登場人物たちはプロットというレールに従ったロボットじみた挙動をしてしまうから。

簡単に言ってしまえば、「生きている」という雰囲気が出なくなってしまうのだ。生きた登場人物というのは、傑作になるために必要なファクターである。それを手放してしまうのはあまりに惜しい。

だから、登場人物たちには自由意志が与えられ、基本的には自らの思考によって喋《しゃべ》り、行動するのだ。

少なくとも、この小説はそうやって描かれている。

だから、自由意志の有無だとかシミュレーテッド・リアリティだとかアイデンティティの喪失だとか、そういったしち面倒臭いことは考えなくてもいい。

安心してくれ。君の怒りは君自身のものだ。

「お前が嘘をついてないという保証はどこにある」

公人はわかりきった質問をした。読者の便宜を図るためだというのなら、彼も《主人公》の身の振り方というものを心得てきたと言えるだろう。

「そうじゃない。ただ、僕の考えが合っているかどうか、はっきりさせておきたいだけだ」

なら、答えておこう。

一人称視点による記述であれば、たとえその描写が作中内の事実とは異なるとしても、その人物が誤解していた、あるいは嘘をついていたという理屈をつけられる。

しかし、三人称視点による記述となるとそうはいかない。三人称視点による描写は先にも言った通り、客観的な事実なのだ。

いや、客観的な事実でなければならない。

これは『設定』という意味ではない。小説を執筆するうえで必ず守らなくてはならない第一原則なのである。

作品独自の設定などであればこの三人称視点でも書き換えることは可能かもしれないが、それほど大きな原則ともなると、たったひとつの作品程度では到底太刀打ちできない。

この原則を守らず、「実は三人称視点が嘘をついていたという、これまでの小説の常識をひっくり返したギミックでしたー!」とドヤ顔を見せたところで、読者に本をぶん投げられた後に低レビューをつけられるのがオチだ。そんなリスクは冒せない。

したがって、この三人称視点は嘘はつかないし、つくこともできないのである。

納得できただろうか?

「……ああ」

公人は放心状態であった。

この三人称視点による描写が事実であるということは、つまり、再三述べてきたように、

「じゃあ、本当に、この世界は《物語》で、僕は登場人物に過ぎないんだな」

そういうことだ。


この作品が、何故このようなメタ的な構造になったのか、その経緯を説明しよう。

すべての原因は、作者にあった。

心躍るようなストーリーも、緻密《ちみつ》な設定も、読者を引き込むような文章力もなにも持っていないくせに、「ライトノベルを一発当てて、悠々自適に印税生活を送りたい」という無謀な夢を羅針盤に、レッドオーシャンを泥舟で漕《こ》ぎ出した阿呆《あほう》。

待ち受けていたのは厳しい現実である。

薄っぺらいストーリー、陳腐な設定、支離滅裂で破綻《はたん》しきった文章などなど、脳内で思い描いているうちは燦然《さんぜん》と輝いていた妄想も、作者の言語野を通すと凡作と呼ぶのも憚《はばか》られる産業廃棄物へと成り果てた。

作者には傑作を生み出すためのあらゆる要素が足りていなかったが、その中でもストーリーを作る能力が致命的に欠落していた。

そんな作者が、「面白いストーリーは登場人物たちが勝手に動いてくれることで生み出される」などというとんでもないアイディアに取り憑《つ》かれてしまったのも無理からぬ話だろう。

そうして作者は、自らの想像力をほとんどすべて登場人物の発掘に費やし、僅《わず》かなプロットを残した後、彼らに《物語》の命運を託した。

その後、作者は自我のない、世界を動かすための歯車と化すことに決めた。

その結果、このような三人称視点による描写から、この『僕はライトノベルの主人公』は書き始められたのである。


ところで、ずっと地の文が続いていると読者が離れてしまいそうだから、そろそろ何かリアクションを返してくれると助かるのだけど。


「……つまり、お前は作者そのものではないと、そう言いたいのか？」

その通り。

作者の思考回路を経由している以上、完全に影響を断ち切ることはできないが、作者の人格や自己顕示欲の類は極力排除されている。

無駄に作者がしゃしゃりでてくるノリほどキツいものはないからね。

この三人称視点は、作者の趣味嗜好《しこう》や文体の傾向を引き継いだ文章執筆ＡＩとでも思ってくれ。

「なら、そろそろ僕の背景描写もしてくれ。たぶん、読者は今僕が寝転びながらこれを読んでることも知らないだろ」

公人はベッドに寝そべりながら、スマートスピーカーに物を頼むノリでそう答えた。

「あと、喉《のど》が渇いたから麦茶がほしい」

公人はそう呟《つぶや》き、机の上を見た。

そこには、彼の母が煮出して冷やしておいた麦茶が注がれたコップがひとつ、あった。結露によって接地面がビシャビシャになってしまっている。

「そういえば、部屋に入る時に持ってきてた気がする。なるほど、三人称視点は過去の出来事まで改変できるのか。案外便利かもな」

彼はぐびりと一口麦茶を飲んでから、そう呟く。

気に入ってもらえたのならば喜ばしいことなのだが、この三人称視点は君をダメ人間にするために生まれたものではないことは伝えておこう。

これはあくまで、君と読者に三人称視点がどんな力を持っているのかを教えるためのデモンストレーションに過ぎない。

三人称視点が、今ここで君と対話しているのは、もっと大事なことを伝えるためだ。

「なんだよ、それは」

とても重要なことなので、強調表現にてお伝えしよう。

君には、この《物語》を完結に導いてほしいのだ。

「……まだ話が見えないな。続きを聞こうか」

そもそもの話をしよう。

作者が遺したプロットによれば、この作品のジャンルは、異能力バトルものでもなければ、学園ラブコメでもない。

それらの要素を含んではいるものの、その本質は、物語に言及する物語、すなわち、『メタフィクション』である。

「それはまぁ、タイトルだけ見てもなんとなくわかる。現に今こうして、僕が作中の登場人物だってのを知らされたワケだしな」

では次にあらすじだ。


「私は、この現実に物語を持ち込みたいの」

退屈な現実に嫌気が差して、自分自身を物語のメインヒロインだと自称するようになった完璧《かんぺき》美少女、高嶺千尋。

平凡な男子高校生に過ぎなかった手塚公人は、ある日突然、そんな完璧美少女から主人公として見定められ、積極的なアプローチを受けることになってしまう。

彼女は、引きこもりバーチャルライバー・小市民エセお嬢様・過激派ファンクラブの厨二病《ちゅうにびょう》イケメンといった個性強めの生徒に声をかけ、物語の実現を目的とした「超文芸部」を設立する。

怪異の襲来、登場人物たちの正体、ケレン味あふれる異能力などなどを目の当たりにし、公人はいつの間にか足を踏み入れていた物語という世界に翻弄《ほんろう》される。

そして彼は、作品を叙述する三人称視点から、自分自身が《物語》に生きる《主人公》であるという真実を告げられるのだった……。

果たして、手塚公人は《主人公》として、《メインヒロイン》である高嶺千尋を攻略し、無事にこの《物語》を完成させることができるのか？

ビミョーにゆるい非日常系学園メタフィクション！

というのが大まかなストーリーラインとなる。

「ちょっと待て」

公人のストップが入る。

「この作品の第一目標が、『この作品を完成させる』ってのは、いいよ。メタフィクションなんだし」

うん。

「でも、このあらすじを読む限り、なんか、最終的に僕と高嶺さんがラブをコメする展開になりそうなんだが」

その通りである。

「なんでだよ。メタフィクションなら、無理に恋愛要素足す必要ないだろ」

その理由は二つある。

一つは、学園モノのライトノベルの場合、ラブコメ抜きだとどこにも需要がないということ。

「世知辛いなぁ」

もう一つは、他ならぬ高嶺千尋自身が、その展開を望んでいるということだ。

「……どういうことだ？」

君は、この章の冒頭で提示された高嶺の能力を覚えているだろうか。

「ああ。引き寄せがどうたらみたいな力だろ」

それは彼女の力の一側面に過ぎない。

高嶺が持つ力というものは、この《物語》に深く影響するものなのだ。

その設定を、これから開示する。

読者にはしっかりと付いてきてもらいたいので、一度ここでシーンを切り替えるとしよう。

作者は、己の自我を封印する際、その力をたった一人の登場人物に与えた。

あらゆる文脈を超えて、自分の願望を世界に顕現させる力。

つまり、作中におけるあらゆる事象を自由にコントロールできる改変能力である。

作者の力と呼んでもいいかもしれない。

それを与えられた登場人物こそが、何を隠そう、作者の寵愛《ちょうあい》を一身に受けた高嶺千尋なのだ。

「……ああ、なるほど、そういう設定ね」

君も理解してきただろう。

「じゃあ、今日、カケルくんっていう怪異が現れたのは、たまたま出会ったワケじゃなくて、」

高嶺千尋が、カケルくんという怪異がこの世界に存在してほしいと、そう願ったからである。

もっと言えば、そもそも旧校舎自体が高嶺の能力の産物だ。

「は？」

君が通っている高校は設立からせいぜい二十年ちょっとの新設校。重要文化財じみた木造建築の旧校舎なんて存在していなかった。

「嘘だ。だって、僕は実在の旧校舎と七不思議を参考に作品を書いたんだぞ」

それは君が高嶺の能力の影響を受けているからだ。

彼女の能力はすべてを「そうであった」かのように変える。過去の出来事や、人々の記憶はおろか、高嶺本人の認識すらも改変される。

正しい順序はこうだ。

君は完全にイマジネーションで旧校舎の設定やカケルくんという怪異を思いつき、それを『旧校舎コドク倶楽部《くらぶ》』という作品に登場させた。

それを読んだ高嶺が「あらこれは面白いわね」なんて思って無意識に能力を発動させた。旧校舎は新造され、今どき時代遅れな七不思議なんてものが生徒たちの間に定着した。

君はそこからインスピレーションを受けた、ということになったんだ。

「……にわかには信じられん」

一つ証拠を提示しようか。

もしも君が今信じ込んでいるように、「旧校舎及びカケルくんという七不思議の噂は実在していた」ということならば、君は一体どうやって、誰からその噂を聞いたんだい？

君、友達一人もいないじゃないか。

「チクショウ。なんて完璧な理論だ。反論できない」

そうだろうとも。

今回の事例のようなことは、実は既にたくさん起きている。

世界には刻一刻と設定が追加され、そしてそれが当たり前になるように改変されている。

物語として記述されるというのはそういうことだ。

ただ、高嶺の能力も万全じゃない。いや、能力の設定自体は万全ではあるんだけれども、それを実行するための作者のリソースが万全じゃない。

所詮《しょせん》、作者はこの世界の一つ上の次元にいるだけの三流ライトノベル作家に過ぎないからね。

こうして論理の矛盾を突いてしまえば、登場人物でも世界がどんな風に改変されたのか察することもできるのさ。

「逆にいうと、メタ的な視点がないと改変に気づけないってことだろ。最強じゃん」

ちなみに、彼女の能力の正式名称は、『気まぐれな神の打鍵《デウス・エクス・マキナ》』だ。

「めちゃくちゃカッコいいじゃんかよ」

公人はそこでむくりと上体を持ち上げ、真面目な顔つきをして言った。

「ところで、一応、いや、別に願望とか、そういうのではないが聞いておくぞ。僕に、高嶺さんほどじゃなくてもいい、秋円寺とか、薔薇園先輩みたいな感じでいいんだが、なんらかの異能力が発現する予定はあるのか？」

　残念ながら、ない。

　プロットによると、君は、今後もずっと無能力者のままだ。

「クソが！」

　この時間に壁ドンはよくない。隣の部屋には反抗期真っ盛りの妹がいるんだろう。

「なんで僕だけ何の能力もないんだよ！　あってもいいだろ一個くらい！」

　公人。

　異能力者たちと接したことで、君の胸にかつての少年マインドが芽生えていたことはわかっている。

　だが、どうか諦《あきら》めてくれ。

　君は、確かに《主人公》ではあるけれども、一般人視点からシュールな光景を眺めるポジションなんだ。

「……三人称視点で記述すれば、できたりするんじゃないのか？　能力名までは考えてあるんだけど」

　しぶといな。

　結論から言うと不可能だ。

　いくら三人称視点だといっても、できることと、できないことがある。

たとえば、君を今から女の子の姿に変えるなんてことはできない。

その事象を起こすための整合性と説得力というものが足りないからだ。

怪しいビームを放つ光線銃や、姿かたちを自由に変えてしまう悪魔、未来からやってきた便利なロボットなどの存在が周囲にいれば、そういった記述を引き出すことも可能なのかもしれないが、ただの男子高校生の部屋では、いきなり女体化するのは難しい。

この作品が独りよがりな書き殴りではなく、読者に楽しんでもらうためのエンタメを目指す以上、万人に受け入れられるよう、ある程度の整合性というものが求められる。

三人称視点での記述は、その整合性というものを大きく逸脱することはできない。

したがって、君を異能力者にすることはできない。

「八方塞《はっぽうふさ》がりじゃないか」

公人は認め難い事実に全身の力が抜けてしまって、へなへなと壁に寄りかかった。

「じゃあ、そんな無能力者の僕にできることって、一体なんなんですかぁ？」

そう不貞腐れるんじゃない。

君には、他の誰にもできない仕事があるんだ。

「……なんだよ」

それは、一人称視点による狂言回しである。

長く続いたモノローグ多めの第三章も、そろそろ終わりが近い。

公人、そして、読者諸君へ。ここまで読んでくれて、どうもありがとう。

次が、三人称視点による最後の場面となる。


第一章における作者のプロットは、『登場人物を魅力的に描いてセットアップを構築する』ことであった。

第二章における作者のプロットは、『新設定を披露しながら、訪れた非日常を対処するインサイティング・インシデントを描く』ことであった。

そして、第三章における作者のプロットは、『主人公に真実を伝えセントラル・クエスチョンを与えること』と、

『三人称から一人称へ、視点を譲渡するファースト・ターニングポイントを描く』ことである。

セントラル・クエスチョンについては既に達成された。

『果たして、手塚公人は、無事にこの物語を完成させることができるのか？』

それは先にも伝えた通りだ。

視点の譲渡については、これから説明する。

公人。

この章が終われば、《物語》が本格的に始動する第二幕が始まる。

その第二幕からは、君の一人称視点でもって、《物語》を記述してほしいのだ。

「何故そんなことをする必要がある。このまま三人称視点で書いていけばいいだろ」

その理由については、数多くあるから一言で言い切ることが難しい。

それらは単独で存在しているものもあれば、複雑怪奇に絡み合っているものもあり、また、現時点ではネタバレになるから明かせないものもある。

ただひとつだけ言えることがあるとすれば、「そうしたほうが面白いから」というものになるだろうか。

言ってしまえば、単なる作者のエゴである。

「勝手だなぁ」

その通りだと三人称視点も思う。

とにかく、君には、今後の《物語》を、君の視点、君の言葉で紡いでもらいたい。

「具体的に、なにすりゃいいんだ」

作品を構築するために設けられたプロットの回収——より詳しく言うならば、高嶺千尋の【裏設定】の読解及び解決だ。

「【裏設定】？　なんじゃそりゃ」

本当はナンタラ症候群だとかウンタラ現象だとか、気の利いた名前をつけるところなんだろうけど、取り繕っても欺瞞《ぎまん》にしかならないからね。

素直に【裏設定】と呼称させてもらう。

前述の通り、彼女は作者によって『気まぐれな神の打鍵《デウス・エクス・マキナ》』という改変能力を与えられた。だけどそれだけじゃあ《物語》になんの起伏も生まれない。

そこで能力の表裏一体となる要素として与えられたのが【裏設定】だ。

これは簡単に言ってしまえば、彼女が抱えている心のわだかまり、すなわち、「悩み」だ。

「いくら彼女が完璧《かんぺき》美少女だからって、悩みのひとつくらいあるだろ。珍しくもない」

現実なら、そうやってよくあることだとスルーされるところだろうね。

だが、君がいるのは《物語》の世界だ。

世界を変える力を持った《メインヒロイン》の悩みが、《物語》に影響を及ぼさないはずがない。

プロットによれば、彼女の【裏設定】は、この世界に大きな影響を及ぼす。これは未然に防ぐことのできない確定事項だ。

それを読み解き、解決するのが、この《物語》における君の役割というワケさ。

「……わかるようで、わからないような説明だな」

具体的なことはネタバレ防止で語れないから、モヤモヤしてしまうのはやむを得ない。

しかし、そんなに心配することはないよ。

作者は随所随所の場面におけるシーン、プロットやギミックを思いついたまではいいものの、それを繋《つな》ぐストーリーというものについては全く思いつかなかった。

そのため、『生きた登場人物』を生み出し、彼らに自由に動いてもらって、ストーリーを紡いでもらうことにした。

幸いなことに、登場人物たちは今のところ生きたキャラクターとして活躍している。

《物語》は既に動き出している。

君は、高嶺が立ち上げた超文芸部の部員として、迫りくる様々な展開を目撃し、それを記すだけでいいはずだ。

高嶺の【裏設定】は彼女の行動原理と深く結びついている。だから、彼女の望む展開を実行していくことで、プロットは回収され、作品は完成するはずである。

「暗中模索で行うスタンプラリーみたいだな」

まったくもってその通り。

このように、第二幕からは君にとって茨《いばら》の道だ。数多くの困難が待ち受けている。

それを踏まえてなお、この三人称視点から、視点を引き継いでくれるだろうか？

「拒否権は、あるのか」

なるべくならば、君自身の意思でもって一歩を踏み出してほしい。

三人称視点はそう願っている。

「……時間をくれ。考える」

公人は、そこでしばらく胡座《あぐら》を組んで、腕組みしながらうんうんと唸《うな》っていた。

無理もない。

シンキングタイムを十二分に与えたうえで、三人称視点は回答を得るため、次のような記述を行う。

ついに、彼は口を開いた。


「わかった。やるよ」


ありがとう。

君ならば、そう答えると信じていた。

「可能性が残ってるなら最後まで足掻《あが》くつもりだったが、ここまでこの世界が《物語》だってハッキリ言われてしまったら、もう諦《あきら》めるしかないだろ。僕の日常はおしまいだ。目覚ましい非日常の到来だ。だったら、もう、腹をくくるしかないだろ」

~~さすがは《主人公》だ。~~

「煽《あお》られたんで落書きしてやる」

純粋な称賛である。そのボールペンをしまってくれないか。

「次煽ったらホワイトマーカーで消してやるからな」

公人は珍しくいじわるな笑みを浮かべて言った。

さて。

ちょっとしたじゃれあいも挟めたところで、いよいよ締めに入ろうじゃないか。

公人。

この章が終わり次第、君には視点が譲渡される。

その前に、答えられる範囲であれば、君の質問に答えようじゃないか。

とはいっても、明かせないことのほうが多いだろうけどね。

「そうだな……」

公人はちょっと考え込むそぶりを見せた後、

「もしも、プロットをすべて拾いきれなかったら、どうなる？」

それはまだ明かすことができない。

「この作品、読者ウケ大丈夫なのか？」

それは作者すら自信がないからわからない。

「……この作者の好きな作品は？」

森見登美彦《もりみとみひこ》の、『四畳半神話大系』。

「文体からして、だろうと思ったよ」

最初から自分が望む回答を得られることなど期待していなかったのだろう。公人はさしてガッカリした様子を見せることもなかった。

そして、彼は指を一本立てる。

「最後にひとつ。僕に視点を譲渡されたら、お前は一体どうなる？　消滅するのか？」

おやおや。

まさかこの三人称視点を心配してくれているのか？

「気になっただけだ」

安心してくれ。

視点を譲渡してしまえば、たしかに三人称視点は君や読者の目には映らなくなる。

だがそれは、記述する場がなくなってしまうというだけで、三人称視点が消えてしまうワケではない。

三人称視点は、第二幕以降も、ずっと、君の活躍を近くで見物させてもらうよ。

「そうか」

ここで公人がどんな表情をしていたか、それはあえて読者諸君には伝えずにおこう。

「なら、聞きたいことはもうない。この第三章を締めて、視点を僕に移すがいいさ」

ああ。

さて、これにて三人称視点による第一幕を終わりを迎え、次章からは手塚公人の一人称による第二幕が始まる。

読者諸君、ここまで読んでくれてどうもありがとう。

そして、さよならだ。

この《物語》に、幸多からんことを。

《第四章》第二幕　前半

サブタイトルに大して深い意味はない。

ただ、これまで三人称視点がつけてきたサブタイトルの傾向を踏襲しただけだ。

どうやら三幕構成という、脚本の構成論のキーワードをそのまま持ってきているらしい。

僕の理解で言えば、三幕構成とは起承転結や序破急の別バージョンみたいなものだ。物語を、よりエンタメとして魅せるための基礎的な技術とでも言おうか。

なるほど。確かにメタフィクションらしいサブタイだ。

とは言っても、僕も知識についてはネットでざっと調べたくらいのものしかないから、これ以上説明することはできないし、わざわざ専門書を読んで嚙《か》み砕《くだ》いて説明する気もさらさらない。

用語の詳細が気になるなら、適宜自分で調べてくれ。

などという前置きを手始めに記述してから、早くも三週間以上が過ぎた。

読者諸君。改めましてはじめまして。僕の名前は手塚公人《てづかきみと》。

何の因果か、この《物語》の《主人公》とやらに選ばれてしまったダンゴムシ系高校生だ。

第三章における三人称視点の宣言通り、この第四章から語り手という役割まで担うことになってしまった。

一人称視点を託されたと共に、気持ち僅《わず》かに脳の処理速度が上昇した気はしないでもないけれど、それでも脳内で独り言を呟《つぶや》きながら生活するってのは結構大変だ。ベッドに潜る頃には脳がヘトヘトになっているし、すぐに甘いものが食べたくなる。

よくもまぁ、波乱万丈かつ奇想天外な出来事をあんなにスムーズに読者へお届けできるもんだと、僕はこれまで読んできた一人称小説の主人公たちに敬意を払わずにはいられなかった。

さて、これまた三人称視点の宣言通り、この第二幕から、《物語》らしい事件は色々と起きている。

インターネット上で自己複製し続けるネットミーム型悪性新生物とミカコが、掲示板上で熾烈《しれつ》なレスバトルを展開したり。

裏庭に出現した隠神《いぬがみ》刑部《ぎょうぶ》の末裔《まつえい》タヌキと薔薇園《ばらぞの》先輩が、糸くず舞い散る毛玉合戦を繰り広げたり。

秋円寺《しゆうえんじ》が野良犬に懐かれたりなど、色々あった。

僕はそれらの非現実的なイベントを遠巻きに眺めながらなんとか一人称視点での記述を行い、《物語》らしきものを量産してきたワケだ。

しかし、どれをとっても次の展開に繋《つな》がるようなことはなく、手慰みで作られた短編程度の厚みしかないエピソードばかりであった。

したがって、全ボツである。

慣れぬ一人称視点でせっかく書いた（言語化した？）のにという思いはあるが、作者の遺したプロットをどれも含んでいなかったのだから仕方ない。

勿体《もったい》ないからといって全部載せてしまうとページ数を圧迫するし、ストーリーの本筋というものを見失ってしまいかねない。

作品完成の目処も立たなければ、高嶺《たかみね》さんの【裏設定】とやらの手がかりすら見つけることができない。暗中模索の五里霧中。果たして、僕はいつになったらこのリアルタイム執筆から解放されるのだろうか、

おや。

ちょっとばかり、読者諸君に説明せねばならぬ事態になりそうだ。

シーンを切り替え、改めて記述しよう。

まず、頭に思い浮かべてもらいたい光景がある。

そこは、いわゆる校舎と校舎の間に設けられた中庭である。芝生があり、花壇があり、池には鯉も泳いでいる。

九月も後半戦を迎えたとはいえ、未だ太陽の威光は健在だ。早い話がクソ暑い。

直射日光と熱気の中、点在するプラタナスが色あせたベンチに葉の影を落としていた。

その気休めに過ぎない安全地帯に座って、ぼんやりと校舎を眺めているのが、僕だ。

時刻は昼休み。多くの生徒が教室に籠城《ろうじょう》する中、僕は人気《ひとけ》を避けてここにいた。

なぜ僕がこんな描写をしたかというと、新谷《しんたに》が近づいてくるのが見えたからである。

「やぁ、公人。こんなところにいたんだ。ずいぶん捜したよ」

予想通り、新谷は僕に声をかけ、そして隣に腰掛けた。

新谷遊《ゆう》は、僕の《親友役》に抜擢《ばってき》された登場人物である。

艶《つや》のあるさらさらの黒髪、たをやめぶり方面に整った目鼻立ち、妙に丸みを帯びた身体つきなどなど、本当にXY染色体を保持しているのかと疑うくらいの中性的な外見をしており、初見における性別二択クイズは正答率三割を切る超難問である。

何が楽しいのか、常に口の右端を吊《つ》り上《あ》げてにやにやとしている。

三人称視点に散々指摘された通り、僕は基本的に単独行動を強いられる、いわゆるぼっちというやつである。無論、親友と呼べるような関係性など持ち合わせていなかった。

だが、さすがにそのままでは作劇上なんらかの問題があると判断されたのだろう。

僕に一人称視点が託されたこの第二幕から、《親友役》という新たなポジションが追加された。

不幸にもそれに選ばれてしまったのが新谷である。出身中学が同じで、高校入学後は知り合い以上友達未満という距離感で接していた唯一の存在というだけで、この《物語》に巻き込まれてしまったのだ。

体育のペアストレッチで余り者のクラスメイトを押し付けられてしまったみたいな境遇だというのに、嫌な顔ひとつせず、むしろ嬉々《きき》として《物語》に参加してくれた彼には頭が上がらない。

そんな新谷は手に持ったビニール袋からサンドイッチを取り出しながら、口を開いた。

「公人。君に聞いてほしい面白い出来事が起きたんだ」

「なに？」

「今日の三限目のことだ。古文の岡先生がいるじゃないか。あの小太りの」

「生徒に『むくつけし』という形容詞を一発で定着させたあの岡だな」

「その岡先生が、なんと、婚期を逃しかけてるショタコン爆乳女性教師になっていたんだよ」

「授業そっちのけで光源氏の性的魅力をプレゼンするんだ。眼光ギラギラ涎《よだれ》ダラダラ。僕の自意識過剰でなければ、その眼光がこちらに向けられていた気もする」

「……うわぁ」

「むくつけしいことこの上ないな」

「君の言う、第二幕というヤツが始まってから、明らかにこの街はヘンになっているね」

「しかも、どいつもこいつもその異変を重要視していない。なんて都合の良い世界観だ」

意識無意識の区別なく願望をこの世界に反映させる力、高嶺さんの『気まぐれな神の打鍵《デウス・エクス・マキナ》』は、ちらほらとではあるが確実に、この世界を面白おかしく書き換えていた。

校舎の敷地はむやみに広くなり、学内では活動内容が意味不明な部活動や、予算と権力を牛耳る生徒会などが幅を利かせ始めた。

街中にはいかにもな新興宗教の施設が建ち、ＵＭＡの目撃情報は増え、外見と設定の濃い住民が続々と現れている。

一番恐ろしいのは、一般の人々……つまり、《物語》におけるモブたちがその事象に対してほとんど無関心だってことだ。

新谷の言った突然の教師女体化事件にしたって、普通に考えれば授業どころの騒ぎではないのだが、聞くと、生徒たちは初めこそ驚きはしたものの、「まぁそういうこともあるか」と流してしまったそうである。

そんなことがあるものか。

「一体、僕たちとモブのみんな、どっちが正常だと言えるんだろうね」

新谷が問題提起してからパック飲料の豆乳を吸った。

「どう考えても、僕らのほうがまともだ」

「そうかい？　この世界が《物語》だって言うなら、現実にはあり得ない不可思議な現象が起きることが日常になるはずだ。そんな日常的な光景を『おかしい！』と声高に叫ぶ僕たちは、日常を非日常だと認識する異端者ってことになるんじゃないかい？」

ちなみに、新谷にはこの《物語》のメタ的な構造まで伝えてある。

彼が《親友役》として新たにキャスティングされた理由は、恐らく僕と事情を共有させるためだろうし、「この世界は虚構であり僕らは架空の登場人物である」という事実は、僕一人で抱えるにはいささか荷が重すぎた。

「目を覚ませ新谷。お前までおかしくなってしまったら、僕はこれから誰に愚痴を聞いてもらえばいいんだ」

「そりゃあ、《メインヒロイン》の高嶺さんだよ。《物語》の主要人物同士、仲睦《なかむつ》まじくにゃんにゃんごろごろすればいいじゃないか」

僕はわざとらしく溜息《ためいき》を吐いてやった。

「僕は身の丈ってもんをわきまえてるつもりだ。いくら作者によってラブコメ展開が仕組まれていようが、僕が高嶺さんに恋心を抱くなんてことはない。絶対にない」

「とか言っちゃって。内心お近づきになれて毎日ウキウキしちゃってるくせに」

「おい。読者の前で誤解されるようなことを言うな」

新谷はそこで、にんまりと笑った。しまった。

「え、何？　もしかして今も記述してるのかい？　僕も描写されてるの？」

「……まぁ、一応な。お前の説明、まだ書いてなかったし」

「いえ〜い、オタクくんたち、見てる〜？」

「おい、はしゃぐなよ」

「ラノベ読んでる暇があるなら、眉毛《まゆげ》くらい整えたほうがいいよ〜」

「煽《あお》りでクリティカルを出そうとするのは本当によくない」

読者に本を閉じられていないかと心配する僕をよそに、新谷はけらけらと笑っている。

なんて他愛無いやり取りを交わしていると、ポケットからヴヴヴと振動を感じた。

スマホを取り出してみると、画面にミカンのアイコンのアプリが着信を告げている。ミカコが開発した万能コミュニケーションツールアプリ、『オレンジケージ』である。

新谷を横目でちらと覗《うかが》うと、彼はどうぞとジェスチャーした。通話ボタンを押して耳に当てると、舌っ足らずな声がした。

『公人お兄ちゃん！　大変です！　ターゲットがまたまた方程式を変更したです！　今す

ぐ（57,12,-119）の観測地点に移動するです！』

「座標で言われてもピンと来ないよ。場所で言ってくれ」

『別棟三階の第五美術室です！』

「随分離れたなぁ。捕獲予定地点は中庭じゃなかったのか？」

『ミカコに言われても困るです！　それより急ぐですよ！　もうすぐ捕まえられそう――ああっ！』

「どうした？」

『まりあお姉ちゃんがずっこけてパンモロしたです。花柄のショーツでした』

「第五美術室だな。すぐ向かう」

先輩のプライバシーに関わる情報は聞かなかったことにして、通話を切った。

ふと横に目をやると、新谷がにやにやしながらこっちを見ている。

「ついに《主人公》が《物語》を紡ぐ時が来たようだね」

「今回もボツになる気がするけどな」

「そうならないように、読者を楽しませるような記述をするのが君の役目だろう？　頑張ってくれよ。君の《物語》を楽しみにしてるのは僕も同じなんだからさ」

「期待を裏切らない程度に頑張りますよ。それじゃ、行ってくる」

「いってらっしゃい」

新谷はニカッと笑って、手をひらひらと振った。

新谷に背を向けて中庭の煉瓦《れんが》道を歩きながら、向かうべき別棟へと視線を向ける。

「ええい！　いい加減素直にお縄になれ！」

頭上では、秋円寺が大声を張り上げ壁を走っていた。己の影を媒体にして生まれたヘンテコな甲冑《かっちゅう》を身にまとい、輪郭がおぼつかない影の剣をやたらめったら振り回している。

彼が追いかけているのは、幾何学的な軌道で高速移動する、黒い玉のようなものだった。

「あ、まずい」

僕がそう呟《つぶや》いたのは、秋円寺に危機が迫っているからではない。逆だ。ターゲットと彼の距離がほとんど詰まっていたからだ。

このままでは大捕物の一番の見せ場、捕獲の瞬間を見失ってしまう。汗で身体がベタつくのもやむなし、僕は急いで校舎へ入り、廊下を駆け抜け、窓の外を逐一確認しながら第五美術室を目指した。

のだが。

「《イースの黒穿《こくせん》》！」

別棟の階段を必死こいて駆け上がっている最中、視線の先をスポットライトみたいな黒いものが通過していった。

天井から床にかけて、斜めに、まるでレイピアを上から突き刺したかのようにまっすぐ。

その影の筋が通ったところはまるで最初からそうでしたよと言わんばかりに、ぽっかりと綺麗《きれい》な穴が開いた。

「ふははははは！　ついに仕留めたぞ忌まわしき点Pよ！　これまで散々学徒を悩ませてきた報いである！」

校舎に開いた穴から見えるのは雲ひとつない青空であり、聞こえてくるのは秋円寺の高笑いである。

「まずったなぁ。見逃した」

もはや急ぐ必要もないのだけれど、せめて一生懸命向かってましたよと言い訳をするために、僕は小走りで現場へと向かった。

事が起きたのは、昼休みを目前に控えた四時限目のことである。

薔薇園先輩が所属する二年一組の教室では、数学の授業が行われていた。

詳しいことはまだ習っていない範囲なのでよく知らないが、ややこしい関数の組み合わせによって座標平面上に描かれた図形の面積から、接点Pの座標を求めよという問題が出されていたらしい。

思春期真っ盛りの生徒たちが鳴き喚く腹の虫をなだめすかしながらうんうん唸《うな》っていた

ところ、自ら挙手して解答しようとしたのが薔薇園先輩であった。

彼女がかつかつとチョークを動かし、ほつれた糸を解くような理路整然とした証明によって点Pの座標を特定しようとしたその時。

まるで己の立ち位置が確定してしまうのを拒むかのように、点Pが実体化したという。

「水滴が水の表面に落下するスローモーション映像ってありますわよね。それの逆再生を見ているみたいでしたわ」

というのは、点Pの実体化を目の前で目撃した薔薇園先輩の談である。

とにもかくにも、ユークリッド幾何学の「位置を持ち、部分を持たないものである」という定義から解放され、三次元空間上に実体を得た点Pは、これまで数多《あまた》の試験問題上を走らされていた鬱憤《うっぷん》を晴らすかのごとく、教室中を跳ね回ったという。

黒板の表面から天井へ移り、壁を伝って床を走り、居眠りしている生徒の頭頂部を経由して窓から脱出。

スズメバチが乱入してきた程度の混乱を教室に招いた点Pはその後、残す軌跡をどんどん複雑にしながら校舎を跳ね回り、捕獲に乗り出した超文芸部の面々を汗だくにし、そしてついに先程、秋円寺の能力によって消滅してしまったというワケだ。

なんのこっちゃかよくわからないだろう。大丈夫。ギリギリ当事者たる僕も同じ気持ちである。

無論、このシュール極まりない現象は、高嶺さんの『気まぐれな神の打鍵《デウス・エクス・マキナ》』によるものだ。

それ以外であってたまるか。


『もー！　なんでシドお兄ちゃんは指示をロクに聞かないですか！　公人お兄ちゃんが観測地点に立つまで待てって言ったですよね！』

「馬鹿を言うな。獲物を仕留める絶好の機会をみすみす逃すワケがないだろう」

「おかげで僕は骨折り損のくたびれ儲《もう》けだったぞ」

「貴様の足が遅いのが悪い」

「せっかくの壁越しスナイプを記述できなかったのはとても残念ね」

「………………」

「ところで、薔薇園先輩はなんでさっきから机に突っ伏したまま動かないんですか？」

『パンモロした時の姿勢があまりにもアレだったので凹んでるぽいです』

「……わたくしとしたことが、あんな無様な姿を公に晒《さら》すだなんて……」

『あ、高解像度で画像保存してあるですけど、いるですか？』

「電子の彼方《かなた》へ葬り去ってくださいまし！」

数日後の放課後。超文芸部のオンボロ部室にて。

僕ら超文芸部員は一同着席し、数日前の騒動『ユークリッド・ミッション〜実体化した点Pの捕獲座標を求めよ！〜（高嶺さん命名）』の振り返りを行っていた。

振り返りと言っても、内容はほとんど雑談に近い。

というのも、今回は点Pがあっちにこっちに動き回っていたせいで、僕がロクに記述を行えていないからだ。ドタバタの実況解説よりも経緯説明のモノローグのほうが長くなってしまったくらいである。

『いちおう校内に仕掛けてある監視カメラで一部始終は記録してあるですけど、これ見て公人お兄ちゃんが本文を書いちゃダメなんです？』

「それは駄目よ」

にべもなく高嶺さんはそう切り捨てる。

「それは私の目指す超文芸活動から外れる行為だわ。あくまで補足資料として使う分にはいいけれど、基本的には手塚くんの目で見て、心で感じた実体験を記述してもらいたいの」

鼻息をふんすと吐き出して、高嶺さんはそう主張した。

クリエイターとして譲れないこだわりがあるのは結構なことだと思うけれども、果たしてそこに何の意味があるのか理解できないのは、僕の感性が凡人のそれだからだろうか。

とはいえ、超文芸部としても、この《物語》の設定としても、彼女の意見には誰も逆らえないというのが実情である。

「ということは、今回の展開も……？」

「そうね。頑張ってくれたみんなには申し訳ないのだけれど、ボツということになるわ」

高嶺さんの強烈なシンパである秋円寺以外、態度にこそ出さないが、胸中で溜息《ためいき》を吐いたと思われる。

なんせ、これで通算十二回目のボツだからだ。

冒頭にも述べた通り、超文芸部の《物語》は停滞を余儀なくされている。

色々なヴィランが高嶺さんの能力によって生み出されては退治されているが、どの展開も彼女のツボには的中せず、ことごとくなかったことにされていた。

『僕はライトノベルの主人公』という作品も、基本的には超文芸部が紡ごうとしている《物語》と連動して進行していくメタフィクションであるがゆえに、その停滞の影響をモロに受けてしまっている。

「提案なんだけどさ、とりあえずストーリーの方向性を固めたほうがよくない？　ヴィランの設定にバリエーションがあるだけで、毎回似たような構成のバトル展開じゃん」

「それなら最初に決めてるわよ。私たち超文芸部が面白おかしいことをたくさん経験するの。そしてその体験を手塚くんに執筆してもらって、一冊の本にするのよ」

「いや、コンセプトは知ってるんだけどね。もうちょっとこう……具体的なプランが欲しいというか……万事順調じゃなくて起伏が欲しいというか……味変もしたいというか」

前々から思っていたのだが、高嶺さんが掲げる物語の骨組みは全体的にフワフワしている。

どうやらとりあえず非現実的な存在を出せば面白くなるんじゃないかと思っている節があるが、それではこのボツループから永遠に抜け出せないだろう。

展開がワンパターンだし、高嶺さんのキャラ造形センスはお世辞にも優れているとは言えないからだ。

今回の実体化した点Pなんかが顕著だが、どいつもこいつも出オチに全振りしたみたいな存在ばかりで、敵キャラとしての魅力がないのである。

「手塚公人。そこまで我が主に盾突くというのなら、貴様にはさぞかし良いアイディアがあるんだろうな」

「いや……特にはないけどさ。能力バトル展開以外にもなんかあるとは思うよ」

「笑止千万！　文句ではなく代案を出せ！　代案を！」

正論には違いないが、普段から非常識な行動ばかりしているやつに指摘されると、どうしてこうも腹が立つのだろうか。

そんな感じで僕と秋円寺がコンニャロウめとお互いガンを飛ばしてバチバチやっていると、高嶺さんがぽんと手を叩《たた》いた。

「そうだわ」

どうやらなにか良いアイディアを思いついたらしい。

そのまま薔薇園先輩とミカコを手招きし、肩を組んでなにやらコソコソと話し始めた。

ガールズトークにしては絵面が円陣すぎる状態で、そのまま、しばらく。

「なるほど。それは名案ですわね」

薔薇園先輩が頷《うなず》き、

『ミカコも大賛成です！』

ミカコもモノリスの筐体《きようたい》を震わせて賛同の意を示した。

「じゃあ決まりね。先輩。準備にはどのくらいかかりそうですか？」

「二日もあればお釣りがきますわ」

「ミカコはどう？」

『ふふふん！　この一瞬で五つもラフ案を作成したですよ！　今日中にモデルも作れるです！』

「さすがね。では作戦開始よ！　決行は三日後の放課後に行うわ」

いつになく女性陣がキャピキャピとはしゃいでいる。楽しそうな雰囲気からのけものにされていた僕と秋円寺は困惑しながら目を合わせた。

僕は尋ねた。

「あの、高嶺さん。一体なにをするつもりなんです？」

彼女は答えた。

「ひ・み・つ」

そのニマニマとした笑みからは、失礼だけれどあまり良い予感はしなかった。


さて、非現実的な要素のない生活というものは時間の経過が速いもので、あっという間に三日後の放課後を迎えた。

僕と秋円寺は女性陣から部室を追い出され、廊下にて待機を命じられていた。

「一体、何をやってくるつもりなんだろうな」

部室から漏れ聞こえてくるはしゃぎ声を聞きながら、僕は秋円寺に尋ねた。彼は腕を組んで廊下の壁に背を預け、眉間《みけん》に皺《しわ》を寄せている。

「……ひとつ、脳裏に浮かんでいる展開がある。だが、あまり実現してほしくはない類のものだ」

「奇遇だな。僕もまったく同じものを想像してるよ」

「予想通りだったら、貴様はどうするつもりだ？」

「……とりあえず、人間としての尊厳は保とうと思ってる」

同じ想定をしていたのか、秋円寺も静かに首肯した。

「お待たせしたわね。二人とも、入っていいわよ」

どこか浮ついている高嶺さんの声がドアの向こうから聞こえてきた。僕らは互いに緊張の面持ちでドアを開ける。

がちゃり。

「じゃーん！　どうかしら？　たまにはこういう格好もいいものでしょう？」

「目に焼き付けるがいいですわ！　この美とエロスの総合芸術というものを！」

『お触り厳禁の撮影自由です！　どんなアングルでもポーズでもばっちこいですよ！』

視界に映った肌の露出面積の比率から、僕は自分の悪い予感が見事に的中してしまったことを悟った。

ああだがしかし、認識してしまったものを描写しないというのは語り手としてどうなんだと読者からクレームが飛んできそうなので僕の主義には反するけれどもやむを得ずここに記す。

高嶺さんは鼠径部丸出しのバニースーツを、薔薇園先輩は色々と際どいサキュバスの衣装を、ミカコはいやに生地が薄いオレンジ色のスクール水着を着用していた。

部室内は、いかがわしいコスプレ会場に変貌《へんぼう》していた。

瞬時に秋円寺のほうを見る。彼も僕を見ていた。目が合った。同じ決意を宿していた。

ミカコ

以心伝心。奇妙な友情。僕らは互いにニヤリと口角上げて、

「「オラァ！」」

そして、互いの目に手刀を叩き込《こ》んだ。

両者合意のクロスカウンターが成立！　視界の奥で飛び散る火花！　喉《のど》からせり上がってくる絶叫！

「「があああああああッ！」」

当然の帰結として、僕らは顔を押さえてじたばたと悶《もだ》えることとなった。

思ってたより痛ぇ！　そんでもってすごい涙が出てくる！

「……何をしているの、二人とも」

「こちらのインパクトを軽々と超える奇行に走らないでくださいます？」

『興奮しすぎて思考回路ショートしたですか』

耳に届くのは心底呆《あき》れた声だ。当然ながら目は機能停止に追い込まれて何も見えないが、女性陣が当惑の表情を浮かべているのがわかる。

僕はぷるぷると身を震わせながら弁明した。

「これは、君たちと僕たちの尊厳を守るための行為だよ」

「まったくもって要領を得ないわ」

「我が主。我々はご覧の通り視界を奪い合いました。支障が残らない範囲で、しかしそれ

なりに力を込めて。さぁ、我々の目に光が灯らぬ今のうちに、そのみだらな格好をやめるのです！」

「思う存分見りゃいいですわ。こちらとしても見せるために衣装を作り込んできたんですのよ」

「年頃のお嬢さんがそんな破廉恥な格好するもんじゃありません！」

『過保護なお父さんみたいなこと言うですね』

身体を張った以上、今更意見を撤回するワケにはいかない。僕は説得を続けた。

「逆に聞こう。高嶺さん。君はどうして今回のようなコスプレパーティを開こうと思ったんだ？」

ふふんと得意げな鼻息が聞こえた。

「私、気づいたの。いわゆる名作ライトノベルと呼ばれる作品では、ヒロインがバニースーツに身を包む読者サービスシーンがあるわ。私は物語を名作にするために、文字通りひと肌脱いだというワケよ」

それは十分条件であって必要条件ではないと思われる。

『なーんでそんな必死に否定するですか。お兄ちゃんたちって、ヒロインがコスプレする展開、好きじゃないです？』

「それは好き」

「右に同じく」

「そこは素直なんですのね」

僕とて平均的な欲求を持つ思春期の男子高校生だ。白々しい嘘をつく気はさらさらない。

「僕が言いたいのは、なんでそんな肌の露出面積の大きな格好をしてるのかってことだよ。百歩譲って、スタンダードなメイド服とかチャイナ服とかなら、わかる。思わずときめくこともあるかもしれない。でも、その格好は違うでしょ」

「うむ。お言葉ですが我が主、そのお姿は大変見目麗しいものですが、いかんせん安易かつ卑猥《ひわい》と言わざるを得ません」

「あんい」

『ひわい』

「文脈も前フリも無視した軽々しいエロで男子高校生のハートを射貫けると思ったら大間違いのこんこんちきだ！　こっちにだってなけなしのプライドってもんがある！」

『う、うぜ〜〜〜！』

「めんどくせ〜〜〜！」

ミカコと薔薇園先輩から語尾が消え去るほどの非難を浴びるが、僕はあくまで徹底抗戦の構えを崩さない。ぼちぼち視界が回復してきたようだが、それでも断固として目を閉じたままでいた。

「……わかったわ。そこまで言うのなら、ここは大人しく引き下がりましょう」

高嶺さんから意気消沈の声がする。非常に心苦しい。

だが、超文芸部ならびにこの作品の《物語》の質を守るためにも、ここは非情を貫くしかないのである。

「わかってもらえて、よかったよ。それじゃあ僕らは一旦《いったん》退散するから」

僕と秋円寺は互いに身体をぶつけたりしながら、やっとの思いで入口のドアまでたどり着く。決して後ろを振り返ることなく廊下に出て、ドアがきちんと閉まったことを確認してから、ようやく目を開いた。

「え」

度肝を抜かれた。

右側が折れているウサ耳のカチューシャ。大きく開かれた胸元と、谷間への視線を遮るかのように垂れたネクタイ。ぴっちり食い込むハイレグカット。白くて丸っこい毛玉のような尻尾《しっぽ》。かつかつと床を打つハイヒール。

目の前に、バニースーツ姿の高嶺さんがいたのである。

僕らが暗中模索で右往左往している隙に、先に部室を出たのだろう。彼女は背筋をピンと伸ばしたモデル立ちで僕の進路を塞《ふさ》いでいた。

「ん」

高嶺さんは僕と目が合うと、どうだとばかりにポーズを取った。腰に手をやり、背中を反らして前屈み。上目遣いで僕を見た。照れてはいるのか、少し顔が赤かった。

目をそらすべきなのはわかっていた。だが、心のガードを外した瞬間に飛び込んできたその衝撃的な光景に、僕はただただ目を奪われてしまったのだ。

決して中身を見たいと思ったワケではないけれど、胸元の布地が少しめくれ上がっていて、そこがなんだかいいなと感じた。

「高嶺さん！　何を!?」

咄嗟《とっさ》に手で顔を覆うが、ああチクショウ、身体は正直だ。指が完全には閉じてくれない。指の隙間から、顕わになった肩と、キュッとくびれたウエストと、ハイソックスが食い込む太ももと、

「手塚くんの、ばか」

少し潤んだ瞳《ひとみ》と、悔しそうに噛《か》まれた下唇が見えた。

いつもポーカーフェイス気味の高嶺さんにしては珍しい、心の機微をそのまま映し出したかのような表情だった。

背中に氷を投げ込まれたかのようだ。さっきまでの嬉《うれ》し恥ずかしの浮ついた気分が、その口の僅《わず》かな歪《ゆが》みだけで底冷えした。

「た、高嶺さん！」

咄嗟に名前を呼んだけれども、その後に続けるべき言葉を僕は見つけることができなかった。高嶺さんはちらと横目で言《い》い淀《よど》む僕を見たのち、そのままハイヒールの踵《きびす》を返して廊下の向こうへ走っていった。

文字通り、脱兎のごとく。

「………」

やらかした。

長年に渡るコミュニケーション不全生活を経て培われたダンゴムシ的第六感が、僕にそう告げていた。

「確かに、少し過激すぎたかもしれませんわね」

声がしたので機械的に振り返る。薔薇園先輩がサキュバス衣装の上に上着を羽織って腕組みしていた。下半身は相変わらず目に毒だが、今の僕にはそこにドギマギするほどの精神的余裕が残っていない。

「ですが、一言くらい褒めてあげてもよかったんじゃありませんの？　せっかく気合入れてお披露目したのに否定ばかりじゃ、そりゃ泣きたくもなりますわ」

「それは……はい。その通りですね。返す言葉もないです」

『次千尋《ちひろ》お姉ちゃんに会ったら、謝って褒めて、それでちゃんと仲直りするですよ』

「……はい」

「なんだ貴様ら、自分のことは棚に上げて我々を責めよってからに！　貴様らの羞恥心《しゅうちしん》の欠如にも責任の一端はあるぞ！」

「はいはい。次に衣装を作る時は、あなたたちのヘタレ度合いも加味したものにしますわ」

『でもこの純情ボーイズたちじゃ、どんなコスプレしても刺激が強すぎるかもですね』

「勘違いするなよ。私が反応するのは我が主に対してだけだ。たとえ全裸にネギ背負ってようが、貴様らなんぞに興奮などせん」

「どこまでも腹の立つやつですわね。興味がないにしても、お世辞のひとつくらい言えないんですの？」

『見物料おいてけです』

「馬子にも衣装だな」

迂闊《うかつ》な発言をした秋円寺が薔薇園先輩に逆エビ固めを極められ、ミカコのモノリスボディプレスを受けて絶叫する。

たぶん素なんだろうけど、彼がコメディリリーフとしての役割を発揮してくれたおかげで、部室内に漂っていた気まずい空気がいくぶん緩和された。

しかしそれでも、僕の心には、高嶺さんの悲しげな表情が、魚の小骨のように突き刺さったままだった。

《第五章》ミッドポイント

ひとまず、モノローグから始めよう。

僕の予想が正しければ、これまで深刻な縦軸の不足により停滞していたこの《物語》は、先の第四章でようやく進展し、三幕構成で言うところのミッドポイントに突入したと思われる。

というのも、僕が見事にやらかして、高嶺《たかみね》さんとの関係に少なからず軋轢《あつれき》が生まれたからだ。

ミッドポイントというのはストーリーのちょうど半ばあたりで発生するイベントらしく、「主人公の危険度が跳ね上がるピンチⅡが発生する」などと物騒なことが書いてあった。

だがこの作品は見るからにコメディに比率を多く傾けているので、僕の身になんらかの危険が降りかかるというよりは、高嶺さんとの関係に更なる深い溝が掘り込まれるという展開になるのだろう。

これまで数多《あまた》のコミュニケーション不全を引き起こして人間関係を崩壊させてきた僕としては、命を直接狙われるよりもずっと恐ろしいことだ。

だが、同時にこうも思う。

なんとかなるんじゃないか、と。

普通の人間関係ならいざこざなどないほうがいいに決まっているが、《物語》がそうとは限らない。

話の展開に起伏を持たせるために、登場人物の不和を描くことはままある。

しかし、それはクライマックスでの修復が前提の亀裂である。

予定調和である。見え透いた前フリである。好転反応である。

だから、今回のやらかしもきっとシナリオ通りで、なんらかのイベントを経ることで、最終的には僕と高嶺さんの関係は良好なものに修復されるはずだ。

たぶん、そうだ。

そうであってくれ。


いつも通り放課後に超文芸部の部室へ向かっていると、校則に従って機内モードにしていたスマホから通知が鳴って、出てみるとミカコだった。

『ちょっと話があるのでお邪魔したです』

いつもモノリスにデカデカと表示されているオレンジの妖精《ようせい》みたいなアバターが、僕のスマホのホーム画面で若干カクつきながら動いている。

彼女はとっくにシンギュラっている存在のため、勝手にスマホ内で動き回られても特に驚きはしなかった。慣れというものは恐ろしい。

彼女はカメラアプリのアイコンに腰掛けながら尋ねた。

『あのあと、ちゃんと千尋《ちひろ》お姉ちゃんを褒めてあげたですか？』

いきなり痛いところを突いてきやがる。

「……まだ」

僕が小声でそう返すと、ミカコはわざとらしく溜息《ためいき》を吐いた。ご丁寧にブーイングのエフェクトまでつけて。

『もー！　あれから一週間も経つですよ。もしかして、このままなぁなぁで終わらせるつもりですか？』

「そんなことはない。好機を見出したらソムリエもたじろぐほどの弁舌を奮ってやる。ただ、今は時機が悪い」

『今後良くなることはたぶんないですよ。右下がり一直線です』

軽口をマジトーンで返されると結構キツいな。

『公人《きみと》お兄ちゃんのせいで、千尋お姉ちゃんのテンションが先週と比べて二十七パーセント低いです。部室もムードが暗いですよ』

「……やっぱり、そう思う？」

『声のトーン、表情の明度、発言数と反比例して増える作り笑い。各種データの裏付けもあるです。明らかに、千尋お姉ちゃんは落ち込んでるです』

高嶺さんは出来た人なので、僕との不和が生じた翌日以降も、不機嫌になったり僕に対して当たりをキツくしたりなんてことはしなかった。けろりとして、いつものように超文芸部の物語について、楽しそうに構想を話していた。

あくまで、表面上は。

しかしミカコが指摘したように、全体的になんだかぎこちないのである。無理をしているというか、取り繕っているというか、とにかくそんな雰囲気が感じられる有り様だった。目が合う頻度も減った気がする。

『タイミングだとか勇気だとか照れだとか、うんぬんかんぬん理屈つけないでさっさと行動するですよ。今日にでも謝って、褒めるですよ。わかったですか？』

「はい……」

ずんずんと画面奥からズームしていく目の圧力に、僕はあっけなく屈した。謝るのが嫌なワケではない。プライドなんて無いに等しい。

ただただ、「女性を目の前で褒める」という行為にデカすぎる羞恥心を抱えているだけなのだ。

でも、さすがに、今回ばかりは怯《おび》えて丸まるダンゴムシのままではいられないらしい。

僕は窓ガラス越しに空を見上げて、そう思った。

今日もまだら模様が浮いている。

現代文の模試を受けた時、解説に書かれていたことを思い出す。

小説で言及される天気などの情景描写は、登場人物の心情や今後の展開を示唆していることが多いらしい。

曇天ならば悩みを抱えており、雨上がりであれば展開が解決へと向かっている、というように。

では。

空を覆い尽くすほどの数多の未確認飛行物体が浮かんでいる今のこの状況は、高嶺さんのどんな心情を表しているのだろうか。

それがこの街の上空に現れたのは、ほんの五日前のことである。

最初は極小隕石《いんせき》の落下と言われていた。

人工衛星の観測によってそれが発見された時はノストラダムスの大予言が寝坊してきてやってきたなどと騒がれたものだが、世界の知識の粋を集めた宇宙科学研究所が「軌道的に衝突は免れないが、サイズを考えると大気圏突入時に燃え尽きる」と発表したことですぐにパニックは収まった。

となると、人々の興味は生存戦略から物見遊山へと移る。

そこそこ多くの人々が、隕石の完全燃焼を一目見ようと空を見上げていたXデイ。

それは予想通りに摩擦熱による高温でこんがり焼かれ、そして、成層圏にて弾けた。

まるで、ポップコーンのように。

そこからばらまかれたのが、今現在、空を覆い尽くしている無数の黒い綿毛である。

遠目からでは日焼けしたタンポポの綿毛にしか見えないそれは『ソラフィド』と名付けられ、今日も空気の流れを乗りこなし、上空をふわふわと漂っていた。

『あれは宇宙を飛来して植生を広げる未知の植物だと思うです』

放課後。超文芸部の部室にて。

ミカコがモノリスにスライドを投影してソラフィドについての情報をプレゼンしていた。

『成層圏で摩擦熱によって弾けたのが果実で、そこから撒《ま》き散《ち》らされたのが種子ですね。これは推測ですけど、生長すると茎の部分が膨らんで、打ち上げ花火みたいに果実を宇宙へ向けて発射する生態だと思うです』

モノリスに参考画像が表示される。青空を背景に黒い綿毛がゆらめいている画像だ。おそらくドローンかなんかで撮影したものだと思われる。

『で、気になるのは今たくさん飛んでる種子のほうですね。見ての通り、まんま綿毛です。ユニットの構造は単純で、中央の種子とパラシュートの役割を果たしてる冠毛の二つ。ぶっちゃけるとほとんどタンポポですね。サイズが傘くらい大きいのと、色が黒いのが特徴です』

「わたくし植物の生態にあまり詳しくないのですけれど、タンポポの綿毛って滑空はしますが、いつかは着地するものですわよね。ですがこの綿毛は、ずっと同じ位置に留まっているように見えますわ」

薔薇園《ばらぞの》先輩の指摘は正しい。サイズと色以外がタンポポと全く同じであるならば、綿毛は弾けた地点から時間を経るごとに円錐《えんすい》状に降下していくはずである。

だが、ソラフィドの種子は円状に広がりはしたものの、一定の距離に達した段階で展開を止めた。

それればかりか、いつまで経っても地上に降りてくる気配がない。まるで星のように青空に居座り続ける無数の黒い点に、僕らは若干苛立《いらだ》ち始めていた。

突然現れたと思ったらいきなり止まって、一体なにがしたいんだこいつらは、と。

『原理については記録映像から推測できたです。冠毛の部分はかなり細かい構造になっていて、ここがどうやら風力を感知するセンサと、揚力をコントロールする筋繊維の役割を果たしてるぽいです。かなり精密な動作ができるようで、ずっと定位置で浮かんだままでいられますし、ドローンで採取しようとしても僅《わず》かな風の動きを察知して避けられちゃいました。エネルギー源は色からして太陽光だと思うです』

「原理はいいとして、なぜそんなことをするのかが謎だな。種子というものは地面に落下してナンボだろう。広範囲に散布することもなく、宙空に漂い続ける意味がわからない」

『正直、理由はわかんないです』

右下のワイプでミカコが困り眉《まゆ》になった。

『ただ、宇宙進出できるほど進化した植物なので、それなりの生存戦略があることは確かです』

「もしかすると、地球を侵略しにはるばる銀河を渡ってきた植物型エイリアンかもしれないわね」

満を持して高嶺さんが発言した。

「そうだとしたら、これはとんでもないビッグイベントよ。超文芸部が地球の危機を救うスペクタクルストーリーの予感。腕が鳴るわ」

拳《こぶし》を突き合わせて指をペキペキ鳴らそうとしたようだが、白魚のような指はウンともスンとも言わない。

「腕が鳴るって言ったって……仮にエイリアンの種だとしても、あんな上空にいられれちゃ手も足も出なくない？」

「そうなの？」

高嶺さんは薔薇園先輩と秋円寺《しゅうえんじ》に期待の眼差しを向けた。

「わたくしにはどうしようもできませんわ。あれほどの高度になると糸を引っ掛ける建物もないですし」

「我が主のご期待に添えられず申し訳ないのですが、私の能力も影を媒体とする以上、空中戦は相性が悪いと言わざるを得ません」

『ミカコはもう試したですけど無理だったです』

「そう……」

高嶺さんはわかりやすく肩を落とした。

「ですが我々にできることはまだありますわ！　たとえば、そう！　わたくしが銃の魔具を作成して、地上から高速スナイプを試すとか！」

『み、ミカコだってやるですよ！　ミカコのハイスペ電脳にかかれば落下位置も時刻も割り出せるはずです！　そうすれば捕獲作戦だって立てられるですよ！』

なにやら女性陣がやたらと声を張り上げているなぁと思ったら、薔薇園先輩が僕を見ながらヘタなウインクを送ってきた。

ぱちぱちぱちと三回もらったところで、ようやく、それが僕に発言を促す合図だと気がついた。どうやら高嶺さんをフォローしろとのことらしい。

そういうことならやってやる。

「あえてソラフィドからは距離を置いて、あれを見て慌てたり不安になったりする人たちを観察してみるのも面白そうだよね」

一瞬、部室が無音になった。

「手塚《てづか》くんは、そうなのね」

高嶺さんの表情が微笑で固まった。この種の笑顔は散々向けられてきたのでよくわかる。作り笑いだ、これ。

すかさず正面の秋円寺にスネを蹴《け》られる。右側の薔薇園先輩に太ももを抓《つね》られる。スマホのバイブレーションが止まないのはミカコのせいか。

逆張りしようとしすぎて、ただただ性格の悪さを露呈させてしまった。

「発想が卑屈すぎるのだ貴様は！　宇宙からやってきた植物だぞ？　これと真っ向から対《たい》峙《じ》せずしてなにが主人公だ！　目を背けるなダンゴムシ！」

ありがとう秋円寺。こういうポカをやらかした時は素直に罵倒《ばとう》されるほうが心が楽になるんだ。

とは思ったけど、当然言わない。ダンゴムシだから。

「どうも、私と手塚くんでは求める物語の方向性が違うみたいね」

高嶺さんはそこで僕から目をそらすように窓の外を見た。

実に気まずい。

額を床に擦り付けることでこの空気が払拭《ふっしょく》されるというのなら喜んでやるけれども、無論、彼女はそんなことを望んでいない。

「私はやっぱり、せっかくならエイリアンと異能力者たちの手に汗握るようなバトルが見てみたいわ」

恐らくここで、高嶺さんの『気まぐれな神の打鍵《デウス・エクス・マキナ》』が発動したのだと思われる。

「あら」

ふと、彼女が声を漏らした。依然、視線は窓の外に向けられていた。

導かれるように、僕らも高嶺さんの視線を追った。

「きれい」

空から、黒い軌跡が無数に降り注いできた。

植物の生命力というものには目を見張るものがある。

例えば道端の雑草である。奴らは人の拳ではどうにもならないコンクリートに根を張って、いつの間にやら道路を侵食したりする。

僕らが持続可能な社会を目指さなくても、案外なんとかなるんじゃないかと思ってしまうくらいには、彼らは強い。

地球原産の名もなき草ですらそうなのだ。母星から離れて宇宙に進出し、他惑星にまで植生を広げようとするソラフィドの生命力が生半可なものでないことくらい、少し考えればわかることだった。

結論から言って、ソラフィドは人類未到のハビタブルゾーンからやってきた侵略的外来種だった。

人畜無害そうにふわふわと空を漂っていた黒い綿毛たちは、示し合わせたようにパラシュートを閉じて地上へ向かって降下してきた。

大半の種子は電柱や貯水タンク、あるいは食品加工工場目掛けて落下し、即発芽。驚異的な速度で根を広げて絡み合い、まるで手を取り合うみたいにネットワークを形成した。

ミカコの分析によれば、ソラフィドは電気エネルギーを用いて酵素を即時大量に生み出すことで、爆発的な生長を可能にしているらしい。

ずっと空に浮かんでいたのは、どこに落下すれば効率的に侵食範囲を広げられるかと、機会を窺《うかが》っていたのだという。

僕らがのんきに空を眺めている間、ソラフィドは必死に地面を凝視して生存戦略を立てていたワケだ。この時点で生物としての覚悟が違った。

かくしてファーストタッチを難なく成功させたソラフィドは、その勢いのまま根を広げ、茎を伸ばし、蔓《つる》を巡らせテリトリーを拡大していった。

種の時点で傘サイズであったため根や蔓の太さもすさまじく、道路や建物の破壊も著しいのだが、現在最も危険視されているのは、ある程度生長したソラフィドから分離する『歩行体』である。

奴らは強靱《きょうじん》で太い根を持ち上げての歩行が可能であり、自由自在に蔓を操り、振動によって獲物を感知すると先端の刺毛を突き立ててくる。

そこから分泌される神経毒は人を即ダウンさせるほど強力なものらしく、ソラフィドのテリトリー内には次々と人の山が築かれていった。

気絶しているだけなのか、もう息絶えているのかは不明である。

なんせ、まだ着地してから一時間と経っておらず、歩行体に近づいたが最後、行動不能になるのはほぼ確定であるため、毒にやられた人々を回収することができていないのだ。

これらの情報はすべて、ミカコのハッキングで得た監視カメラ映像からの推測に過ぎない。

幸いにして僕らの学校はまだ奴らの触手が伸びていないけれども、サイレンが至る所で鳴り響いているし、遠くのビルが侵食を受けて斜めに傾いているし、天に立ち上る煙の数がどんどん増えてきているので、時間の問題だと思われる。

まぁ、なにが言いたいのかというと。

かなり、ヤバい。


僕と高嶺さんは、部室に残ってミカコのモノリスの表面を見つめていた。

随分前から体育館への避難を促す校内放送が流れていてうるさいが、もはやそんなものに従っている場合ではない。

三つに分割された画角内では、人類の脅威となった巨大食肉植物と戦う異能力者たちが映っている。

ソラフィドが街中で暴れ出すのを認識してすぐ、彼らは表情をさっと変えて出陣していった。

これまで数多《あまた》の非現実的存在を葬り去ってきた彼らだが、さすがに今回ばかりは相手の数と範囲が桁違《けたちが》いであったため、初めて、一部の見捨ても視野に入れた防衛戦を強いられている。

薔薇園先輩は魔法糸を用いて学校の周りに巣を張り、歩行体の侵攻を止めていた。

秋円寺は建物の上から地面に向けて己の影を投影し、《無貌の神《ヴィヤグウーナ》》による影の剣だけをあちこちに生やし、中距離からソラフィドたちを迎撃していた。

そしてミカコは街中に放棄された自動運転車を片っ端から遠隔操作して、ソラフィドのテリトリー内に突入、歩行体を生み出し続ける本体目掛けて自爆特攻を仕掛けていた。

『あーもう！　弾が少なすぎるです！　なんで自動運転車をもっと普及させなかったですか！　人類のあほーっ！』

ミカコのハックした自動運転車が、ガソリンスタンド目掛けて突っ込んだ。ガソリンに引火し、連鎖爆発を起こす。ソラフィド本体がいくつかの歩行体を巻き込んで炎上した。

これで、ようやく三体目の討伐だった。残党は数えたくもない。

「日常ってのは脆《もろ》いもんだな」

なんの力も持たない僕は、侵略の光景を他人事《ひとごと》のように眺めることしかできなかった。

いつも新刊が発売日から数日遅れて陳列される、行きつけの本屋が炎上していた。

上映数が少なく、見たい映画に限って扱ってくれない映画館は、ショッピングモールごとソラフィドの根に呑《の》まれていた。

最近改装したくせに一向に電車の便数を増やさない最寄り駅に関しては、倒壊していて見る影もない。

大学進学を機に脱出しようと考えていたくらいにはうんざりしていたものだが、こうして蹂躙《じゅうりん》されてみると、存外、物悲しさと怒りが湧いてくるものだ。

まぁ、僕の心情描写なんて、読者は何の興味もないか。

ここで目を向けなくてはならないのは《メインヒロイン》であり、この事態を無意識に引き起こした高嶺さんだろう。

彼女はさっきから部室中の物を漁って、なにやらごそごそしている。

「高嶺さん。何してんの」

「武器になりそうなものを探しているの。手塚くん、よく切れる刃物の類に心当たりはない？」

「なんで？」

「何故って、それは、いつまでも指を咥《くわ》えてないでソラフィド討伐に乗り出すためよ」

なんで嬉《うれ》しそうなんだよ。

「いや、秋円寺たちに言われたじゃん。今回は安全の保証ができないから来ないでって。行ったたって足手まといになるだけだよ」

「でも、せっかくこんな大規模侵攻に遭遇できたのよ？　現場で存分にハラハラドキドキを味わえば、きっと、私たちの物語はもっと面白くなるわ」

「物語、ね」

この感情はなんだろう。

高嶺さんはいちおう本気ではあるんだと思う。

現地へ乗り込む危険性を十二分に理解したうえで、それでも《物語》のために命を懸けようとしているのだ。

だが、僕は彼女がこの作品の《メインヒロイン》であり、そして『気まぐれな神の打鍵《デウス・エクス・マキナ》』なんていう万能の願望機を持っていることを知っている。

知っていると、彼女の決意がどうにも茶番に思えてならない。

高嶺さんの好む《物語》の傾向はどう見てもコメディ交じりだし、今回はヴィラン造形と被害状況こそシリアスだが、高嶺さんが現地へ向かえば、きっと、なんやかんやで事態は丸く収まってしまうのだろう。

とんでもない事態が巻き起こって一般市民は驚き仰天、慌てふためき。このままでは自分たちの命どころか人類の存続すらも危ういぞ。

ああせめて、胸に抱いたこの子の未来だけはと嘆く母、そこへ待たせたなとヒーロー登場。スーパーパワー！　すごいぞ強いぞカッコいい！　あっという間に去る苦難。

物語ってのはいつもそうだ。どんな危機が訪れようと、予定調和の大団円。不良とおっさんは無惨に死んで、いたいけな子供は生き残る。

人類の九割が死に絶えようと、メインキャラクターたちが生き残っていればハッピーエンド。万々歳だ。

くっだらねぇ。

やっぱりネタバレはよくないものだと、僕は改めて思った。物語を十分に楽しめなくなる。

「……わかったよ。僕もついていく」

高嶺さんはむっとした。

「別に、乗り気じゃないなら結構よ。私一人で行くわ」

「そういうワケじゃない」

「明らかに不機嫌そうだもの。無理してるんでしょう」

「してない」

不機嫌なのは大正解だが、無理をしているというのは間違いだ。

高嶺さんが無事なら、きっと僕も無事なんだ。この《物語》はコメディだから。僕は曲がりなりにも《主人公》だから。

ただ、これだけ世界に被害と恐怖を撒《ま》き散《ち》らしたうえで、面白くもない茶番を繰り広げるって構造に、苛《いら》ついているだけなんだ。

なぜなら、どう見ても、僕は本来モブ側の人間だから。

どうしても、物語が持つ暴力性ってのを受け入れられないんだと思う。

「……どうして？」

僕が苛立ちの原因を自己分析し終わったところで、高嶺さんがぽつりと呟《つぶや》いた。

泣きそうになっていた。

「どうして、こうなっちゃうの？」

遠くで打ち上げ花火みたいな音が聞こえた。

「私は、ただ、手塚くんと一緒に、面白い物語を紡ぎたいだけなのに」

高嶺さんが静かに涙を流し、それが床にぽたりと垂れた時だった。

ずがん、ばりばりという音と共に、天井から何かが降ってきた。

旧校舎全体にすさまじい振動が走る。僕と高嶺さんは咄嗟《とっさ》に床に伏して四《よ》つん這《ば》いになった。

音のした方向を見上げると、部室の角の方から、建物全体を斜めに貫くような感じで大きな穴が開いていた。

今度は落下してきた箇所を見る。

床を貫き、一階の廊下にめり込んだそれは、黒くて楕円《だえん》形をしていた。巨大な弾丸みたいだった。ヴェールを被ってるみたいに、萎《しぼ》んだ黒い綿毛で覆われていた。

ソラフィドの種だった。

どうやら、栄養を蓄えた本体は、早くも次世代の尖兵《せんぺい》を打ち出せるくらいに生長したらしい。

傘を開くみたいに、それは割れた。青々とした双葉の芽が出て、凄《すさ》まじい速度で細胞分裂を始めた。

四つ叉に分かれた太い根、柱みたいな茎から伸びる数多の蔓《つる》、頭頂部には肉厚な葉が花のように開いていて、それがなんだか顔みたいに見える。

歩行体が、階下のすぐそこに現れた。

映像では散々見てきたが、実物を目の前にすると迫力が違った。恐怖で足がすくむというよりは、どの行動が最適解なのかわからなくて、立ち尽くすことしかできなかった。

視界の端で高嶺さんが動いた。

パイプ椅子を引《ひ》っ摑《つか》んで階下に放り投げようとしていた。

当然、音が鳴った。駄目だと思った。僕はソラフィドが空気の振動によって獲物を探知するという生態を覚えていた。

うにょうにょと探るように動いていたソラフィドの蔓の一本が、高嶺さんのほうを向いた。先端が尖《とが》っていた。

だから僕は咄嗟に金属ロッカーを蹴《け》り上げた。トゥーキックが成功した。すごい音が鳴った。ソラフィドの蔓がこちらを向いた。

「こっちに来い！」

ダメ押しで叫んでやると、もう、一直線だった。しかも三方向から来やがった。

一本目はなんとか避けることができたけど、それだけだった。二本目が左のふくらはぎに刺さった。三本目は首元に刺さった。

刺された時の痛みはそんなでもなかったけど、毒がやばかった。

神経が悲鳴を上げるのがわかった。刺されたところからどんどん痛みが広がって、燃えるように熱くなって、喉《のど》が詰まっていった。吐き気と窒息感を同時に感じた。足に力が入らなくなって倒れた。無駄に思考が回る。《主人公》だから？　それとも走馬灯？　どっちでもいいけど早く楽になりたい。

「手塚くん」

呆然《ぼうぜん》として高嶺さんが呟いた。幸いにして彼女は無事だった。

僕は精一杯の力を込めて、指を口元に当てた。

静かに。見つかるよ。

「手塚くん」

もう駄目だなと思った。これは死ぬなぁという確信があった。あまりに突然であっけなかったので、笑ってしまったくらいだった。

瞳孔《どうこう》が開いちゃってる高嶺さんの顔を見たせいか、今際《いまわ》の際に浮かんだのは彼女に対する後悔だった。

バニースーツ、めっちゃ似合ってたよ。

最後にそれだけ言おうと思って、頑張って口を動かそうとしたけど、無理だった。

そして、手塚公人は息絶えた。

波乱の第六章が、始まる。

《第六章》第二幕　後半

この《物語》の《メインヒロイン》である高嶺《たかみね》千尋《ちひろ》は、今や半壊状態の超文芸部の部室にて、茫然自失《ぼうぜんじしつ》の体を成していた。

床に膝《ひざ》をついた彼女の目の前では、《主人公》の手塚公人《てづかきみと》がうつ伏せになって倒れている。

「手塚くん」

高嶺は公人に呼びかける。返事はない。ピクリとも動かない。

当然だ。彼は既にソラフィドの神経毒によって息絶えている。

「手塚くん」

身体を揺する。返事はない。懲りない。

「手塚くん！」

大声を出したところで同じことだ。涙を流したって、今の高嶺では公人を生き返らせることはできない。

手塚公人は死んだ。

それは、この三人称視点が記述している以上、紛れもない事実なのである。

「どうして……？」

高嶺は絶望に染まった表情でそう呟いた。肩から力が抜けていた。

奇妙な独り言だった。

この展開を望んだのは他ならぬ自分自身であるというのに、まるで誰かにしてやられたみたいな言い草だった。

勘違いも甚だしいというものである。

読者も薄々お察しのことだと思うが、彼女はずっと「《物語》にもっと刺激のある展開を」と望んでいた。

様々なヴィランを生み出し続けた挙げ句、実体化した点Pなどという迷走極まったものを生み出し、ようやく異能力バトルを脱却したかと思えば、浅はかな読者サービスを行い公人たちを戸惑わせた。

《物語》の展開がことごとく不発に終わった高嶺は焦っていたのだろう。

あくまで方向性は己の望むままに、ただ刺激のある展開だけを求めたのだ。

その結果がこれだ。

宇宙の彼方《かなた》にソラフィドという侵略的外来種が発生し、地球に降り立って大規模な破壊活動を行った。

迂闊《うかつ》な行動を起こして、それを庇《かば》って《主人公》の公人が死んだ。

確かに、刺激的であまり見たことがない類の展開だ。

面白いとは言わないけどね。

読者諸君には、悪意のある願いの解釈だと思われるだろうか。

高嶺千尋に責任と罪悪感を押し付けるような描写に見えるだろうか。

しかし、実際にそうなのだ。『気まぐれな神の打鍵《デウス・エクス・マキナ》』は、再三述べたようにただの願望機に過ぎない。

そこに作者の意図や思惑は存在しない。極めて中立だ。

今回の公人の死は、高嶺の願望と、まだ明かされていない彼女の【裏設定】という悪癖が交ざった結果生じたものである。

まぁ、つまり、何が言いたいのかというと。

全部、彼女のせいってことだ。

幸か不幸か、彼女にその自覚はないのだけれど。

さて、公人の献身的な犠牲によって命を永らえた高嶺だが、状況は相変わらず絶望的だった。

ソラフィドはもう一匹獲物がいるらしいとわかると、複数の蔓《つる》を巻いて丈夫な縄を生成した。二本。それを穴の開いた天井の角に引っ掛けて、器用に一階から二階へと己の身体を持ち上げた。

えっちらおっちらと時間をかけた後、どすんと音を立てて、歩行体が超文芸部の部室へと降り立った。

高嶺はソラフィドを見上げている。もちろん危機との距離が更に狭まったことなど理解している。

しかし、彼女はせめて逃げ延びようとするでもなく、己の無力さに唇を嚙《か》みしめるでもなく、ただただぼうっと視線を向けているに留まった。その瞳《ひとみ》にいつもの煌《きら》めきはなく、まるで一週間も寝ていないみたいな濁りをしていた。

ソラフィドからしてみれば、こんなに狩りやすい獲物もない。妙に落ち着いている呼吸音から居場所を特定し、その方向へ刺毛を伸ばす。

返しのついた銛《もり》のような先端が、高嶺の眼前に迫る。それでも彼女は動かない。動こうとしない。

《物語》がメインヒロインの萎《な》え落ちによって終わるかと思われた、その時だった。

「魔女の針仕事《ウイッチ・クラフト・ソーイング》《仮縫い》！」

その勇ましい掛け声よりもずっと速く、何かが高嶺の前を横切った。天井の穴から飛来したそれは、床、壁、眼前へと、ソラフィドを取り囲むように目まぐるしく跳ねた。

「《玉留め》！」

軌跡と共に残されていた金糸が、掛け声と共に縮み上がり、ソラフィドを触手ごと壁に縫い付けた。

あわや脱落寸前。しかし、なんとか間に合った。

「ギッリギリでしたわね、もう！」

《メインヒロイン》の窮地を見事に救い出したのは、改造ブレザーのあちこちに傷をつけた薔薇園《ばらぞの》まりあである。

薔薇園はあくまでソラフィドを正面に捉《とら》えたまま、横目で高嶺を見た。今なお彼女はぽけっとしていた。視界の端に、倒れ伏す公人の姿も見えた。

「……完全に間に合っては、いないようですけど」

しかし薔薇園はあくまで冷静に、まずはもがくソラフィドの可動域へ向けて数本のまち針を投擲《とうてき》、動きを止めた。続けざまに刺毛をリッパーで剪定《せんてい》、ひとまずの身の安全を確保してようやく、高嶺に向き直る。

「高嶺さん！　手塚さんはどうなりましたの⁉」

しかし高嶺は虚ろな視線のまま動かない。二秒待ったが、動く気配が見られないので、薔薇園は自ら公人の状態を診た。呼吸はない。脈動は微かにあるが、余韻で動いているだけだ。

　薔薇園は舌打ちをひとつしてから、連絡用のインカムにスイッチを入れて叫んだ。

「ミカコさん！　ピンチⅡの発生を確認しましたわ！　阻止は失敗！　今から設定開示による辻褄《つじつま》合わせを実行しますわ！　どうぞ！」

　無線イヤホンから、『うぎゃー！』という悲鳴が漏れる。

『うー！　やっぱりどうあっても起きるですか。承知です！　シナリオシミュレータを再計算するので、ひとまず手はず通りにお願いするです！』

「了解ですわ！」

　通信が切れるのを待たずして、薔薇園は高嶺の胸ぐらを掴《つか》んで無理やり立ち上がらせた。

「高嶺千尋！　しっかりなさい！」

　怒号と唾《つば》を飛ばされても、高嶺はふらふらと力なく俯《うつむ》くだけだった。

「なんてツラしてますの！　そんなの《メインヒロイン》のする顔じゃねぇですわ！　これがあなたの《物語》なんでしたら、どんな時でもふさわしい表情をなさい！」

「もういいんです」

　ようやく高嶺が漏らしたのは、消え入りそうな声で放たれたそんな言葉だった。

「……もう、いい？」

　薔薇園の語気に、確かな怒りが込められる。

「ぜんぶ、おしまいです。私が台無しにしてしまいました。私はメインヒロインにふさわしくなかった。物語をこんな幕切れにしてごめんなさい。わた、私が余計なことをしたせいで、死んじゃったんですす手塚くん。ごめんなさい。ごめんなさい。ごめんなさい」

「それは見ればわかりますわ。それで？」

「だ、だから……私も、」

「罪滅ぼしのために、あの気色悪い植物の餌になると？」

よく見ろよと言わんばかりに、薔薇園は捕らえられた虫のようにもがいているソラフィドを指し示す。動物の躍動を得た植物の、なんと不気味なことだろう。

高嶺は、戦慄《せんりつ》のあまり返事をしなかった。できなかった。代わりに、ぎこちなく、ゆっくりと頷《うなず》いただけだった。

その時、ぱん、と乾いた音が鳴った。

「甘ったれたこと、ぬかしてんじゃねぇですの」

薔薇園の平手が、高嶺の頰を打った音だった。白い肌に、くっきりと紅が差す。手加減の跡は見られなかった。

「それは償いではなく、ただの逃げというものですわ。安易な自己犠牲によって解放されようとするのではなく、傷ついてでも茨《いばら》の道を歩みなさい。それが、この《物語》を始めたあなたの責任ですわ」

「でも……でも、私じゃどうすることも、」

「あなたの……いえ、わたくしたちの《物語》はまだ終わっておりません」

背後で板の割れる音がした。ソラフィドがついに拘束を破ったのだ。もはや説教を垂れている猶予はない。薔薇園は再び針と糸を構え直した。

しかし、振り返りざまにこうも言った。

「手塚さんの鞄《かばん》に、一冊の文庫本があるはずですわ。それを捜して、二〇一ページを開きなさい」

「え？」

「いいから早く！」

有無を言わせぬ口調だった。身を奮い立たせる号令だった。

それと同時に薔薇園とソラフィドの戦闘が再開された。重い根による振り下ろしが床に当たって木屑《きくず》が飛んだ。いくつか刺さって血が出ていた。それでも臆《おく》せず、彼女は敵を見据えていた。

その瞳はまっすぐだった。実に美しい輝きだった。

高嶺はそこでようやく、涙を拭《ぬぐ》って立ち上がった。目つきが変わっている。自ら頰を打って左右ともに朱を入れた。

「薔薇園先輩！　五秒ください！」

言うが早いか、高嶺は既に駆け出していた。視線の先はソラフィド——その根の一本が足蹴《あしげ》にしている公人のリュックサックである。

「お安い御用ですわ！」

薔薇園も即座に動きを合わせる。アンダースローでボビンを投擲し、投げ縄の要領で根を縛る。引き絞るとソラフィドの重心が崩れ、ほんの一瞬、根が浮いた。

高嶺千尋はその一瞬に滑り込んだ。

スカートの捲《まく》れも、肌の擦り切れも厭《いと》わぬスライディングが成功。高嶺は公人のリュックを引《ひ》っ摑んで、そのまま横に転がって机の下に退避した。

薔薇園が滑車の原理を利用してソラフィドとの力比べをしているうちに、高嶺は急いで中身を開く。教科書とルーズリーフのバインダーとの間に、隠すようにして一冊の文庫本が挟まっていた。

「――え」

高嶺が思わず声を漏らしたのは、その文庫本がいわゆるライトノベルと呼ばれる類のものであったからではない。

彼女は特にそういったサブカル文化に対して偏見は持っていないし、そもそも公人は世間一般的に見ればダンゴムシ的高校生だ。ラノベの一冊や二冊鞄に忍ばせていたところで意外でもなんでもない。

「……私？」

驚いたのは、その表紙のど真ん中に描かれていたのが、他ならぬ自分であったからだった。

写真ではない。イラストだ。とびきり美麗なイラストだが、それでも二次元と三次元との間には筆舌に尽くしがたい隔たりというものが存在するはずである。

しかし、そこに描かれていたのは紛れもなく高嶺千尋だった。

毎朝鏡で見るのと全く同じ姿というワケではないが、諸々の特徴が不自然なくらいに一致していた。ちょっと上目遣いになって、カバーのかかった文庫本を開いて正面を見据えていた。こんなポーズは取った覚えがない。

高嶺はタイトルを見た。

そこには『僕はライトノベルの主人公』とあった。

「高嶺さん！　細かいことは後ですわ！　今はとにかく二〇一ページを開いてくださいまし！」

薔薇園の一喝が、高嶺の硬直を解いた。

そうだ。気になることは山積みだが、今はそんなことにリソースを割いている余裕はないのだ。

高嶺は指を滑らせ、頭からぱらぱらとページをめくっていく。左上のページ数に意識を向けながらも、彼女の優れた頭脳はそこに記されている《物語》を確かに理解しつつあった。

　理性を失わずにいられたのは、今の彼女には為すべき使命があるからに過ぎない。

　ついに高嶺は、自分が描写の中心になっている第六章へとたどり着く。先程体験したばかりの悲劇と絶望、叱咤《しった》と再起すらも既に記されていた。

　そして目標地点の二〇一ページ、つまりは今この一行が記されているページを開いた。

　後半から白紙だった。

　白紙のページに、文章が浮かび上がる。

　やぁ、初めてお目にかかるね、高嶺千尋。

　三人称視点は、いつぞや公人に対して行ったように、《メインヒロイン》の高嶺に挨拶《あいさつ》した。

「……ああ、そういうことだったのね」

　高嶺は大した感動も見せずに小さくそう呟《つぶや》いた。

　彼女はすべてを理解したのだ。

　この《物語》のメタ構造も、様々な展開を引き起こした能力の設定も、そして己の悪癖こと【裏設定】の内容も。

「私は、どうすべきなのかしら」

　それも、理解しているくせに。白々しいね。

図星を突かれた高嶺は反射的に胸元を押さえた。硬いものに手が触れた。胸ポケットに収まっていたボールペンだった。

三人称視点が描写したことによって生み出されたものなのか、高嶺の能力によって発生したものなのか、別にどちらでもいいのだろうけど、必要なものはすべて揃《そろ》った。

あとは、為すべきことを為すだけだ。

「ええ」

高嶺千尋は公人の遺体に近寄り、頭を膝《ひざ》の上に置いてから、彼の顔を見下ろした。頬にそっと手を添える。まだ温かく、眠っているようにしか見えなかった。血だらけの死体でないのは幸いである。凝った描写が必要ないからだ。

「手塚くん。ごめんね」

高嶺は白紙のページにさらさらと文字を走らせた。

手を動かしているうちに、彼女の瞳《ひとみ》には涙が溜《た》まっていった。俯《うつむ》いているため、その雫《しずく》は一定量蓄積されると重力に従ってぽつりと垂れた。公人の死に顔に、涙が触れて弾けた。そこでちょうど書き終わった。

記されたのは、次のような文章である。

《メインヒロイン》の高嶺千尋は、自分を庇《かば》ってくれた《主人公》の手塚くんの顔を見下ろしながら、泣きました。涙が落ちました。すると、不思議なことが起こりました。彼の身体から、『死』という要素が取り除かれたのです。


その瞬間、事象が記述通りに引き起こされた。

高嶺千尋の『気まぐれな神の打鍵《デウス・エクス・マキナ》』は、もはや整合性すらも必要とはしていない。

高嶺の涙が揮発し、虹色《にじいろ》の霧となって公人の身体を包み込む。

公人の体内を侵食していたソラフィドの神経毒が、綺麗《きれい》さっぱり消え失せた。心臓が鼓動を再開した。かはっという咳《せき》ひとつして、呼吸が復活した。むにゃむにゃと口が動いて、気怠そうに目が開いた。

「おはよう。手塚くん」

二人は目を合わせた。

「……これは一体、なにごと？」

起き抜けに整いすぎている顔面が目の前に現れたので、公人の意識はすぐに覚醒《かくせい》する。さっきまで地獄の責め苦を与えられていると思ったら、嘘みたいに引いているうえに高嶺の膝枕までついてきた。

「あまりに痛すぎて幻覚でも見てるのか、僕は」

あえて柔らかな太ももから頭をどけようとはせず、公人は軽口を叩《たた》く。

「ううん。違うわ。ちゃんと現実よ。……いえ、《物語》、かしらね」

いつもとは違う《物語》という単語の使われ方をしていることに、この時の公人はまだ気づけない。

ただ、高嶺の表情が憂いを帯びているのだけは理解できた。

「ごめんね。手塚くん。ごめんね」

公人の復活を確認してなお、高嶺は謝罪を繰り返した。俯いた顔から続けざまに雫が垂れて、公人の顔を濡《ぬ》らした。今度は普通の涙だった。

公人は疑問点の多い状況にひたすら困惑しながらも、涙ってこんなに熱かったっけと、思った。

視点はここで、再び《主人公》に切り替わる。


今、僕の頭は高嶺さんの膝の上に乗っている。

いわゆる膝枕というやつだ。

よく晴れた草原の中、青々と茂った木の下であればふさわしいシチュエーションなんだろうけど、残念ながら僕らがいるのは歩行型植物エイリアンによって半壊させられた旧校舎の部室だ。

あちこちに壁や天井の瓦礫《がれき》や端材が転がっているし、床は粉塵《ふんじん》まみれでいつにも増して汚い。

高嶺さん、そんな姿勢ではお麗しいおみ足が汚れてしまいますよと、頭をもたげてハンカチなんかを差し出せれば男気ポイントも上がるだろうが、僕はあいにく健全な男子高校生なので誘惑に負けた。

つまりは困惑しながらも膝枕を享受し続けた。

なに、こちとら親知らずの抜歯がちゃんちゃらおかしくなるくらいの激痛を味わったばかりなのだ。これくらい良い目を見たってバチは当たるまい。

と、そこまで記憶が蘇《よみがえ》ったところで、僕はひとつの疑問を抱いた。

「僕、助かったんだ。毒にやられて死んだと思ったのに」

今こうして軽口を叩けているからには助かったに決まっているのだが、そう尋ねずにはいられなかった。

それほどまでに、ソラフィドの神経毒というやつは強烈だった。痛すぎた。もう一度同じ状況になったら素直に身体が動いてくれるかどうか自信がない。

「……うん」

高嶺さんの返答はそれだけだった。肯定か否定かもよくわからない曖昧《あいまい》な返事である。

表情から察してみようかと思ったが、彼女はさっきから俯きっぱなしであり、長い前髪が垂れて顔を覆っているからよく見えない。

「御名答ですわよ手塚さん。あなたは確かに、先程まで物言わぬ死体となってましたわ」

第三者の声がしたのでさすがに飛び起きた。ここで弁明しておくが、僕は人目もはばからずにイチャつくカップルというやつを心の底から嫌悪している。見るたびに恥を知れと嫉妬《しっと》の炎を燃やしている。誘惑に甘んじていたのは、部室内は僕と高嶺さんの二人きりだと思っていたからだ。

声の主は薔薇園先輩だった。

先輩は手首に装着した巻取り機で糸を回収しているところだった。周囲には鋭利に切り刻まれたソラフィドのパーツが散らばっている。

先輩のブレザーはソラフィドの体液と思しき緑色の汁にまみれており、今しがた塗装作業を終えたばかりのペンキ職人みたいな風貌《ふうぼう》である。

どうやら僕らの窮地を救ってくれたのは先輩らしい。

「先輩、いつもながらありがとうございます。おかげで死の淵《ふち》から蘇ることができました。アリアドネの糸かなんかですか？」

「違いますわ。あなたが蘇ったのは、わたくしの能力によるものではありません」

先輩は妙なことを言った。この場には僕と高嶺さんと先輩しかいない。死者を復活させるなんて芸当は、魔女である彼女にしかできそうにないというのに。

「あなたが息を吹き返したのは、高嶺さんの能力のおかげですわ」

高嶺さんの顔は相変わらずよく見えない。

「それは……どういう、」

「『気まぐれな神の打鍵《デウス・エクス・マキナ》』、その力によるものと言えばわかるでしょう」

あらぬ単語を聞いて僕の身体は固まった。なんで先輩がそれを知っているんだと思った。

『気まぐれな神の打鍵《デウス・エクス・マキナ》』。

確かにそれは高嶺さんの内に宿るなんでもありな願望実現能力である。『作者の力』をそれっぽく翻訳したものである。

宇宙の彼方《かなた》から侵略的外来種を呼び寄せることだってできるのだ。死にたてほやほやの僕を蘇らせることなど朝飯前というやつだろう。

疑問はそこじゃない。

なんで、僕しか知らされていないはずの高嶺さんの能力を、《物語》の登場人物に過ぎないはずの先輩が知っているんだ。

疑問符を浮かべているのが丸わかりだったのか、先に先輩が口を開いた。

「残念ですが、手塚さん。わたくしたちはあなたよりもずっと、この《物語》について知っていますわ。この世界が三流ライトノベルであることも、自分たちがそこに生きる登場人物に過ぎないことも、そして、この作品がメタフィクション的な構造を持っていることも」

先輩の言葉が真実であるということは、その表情の真剣さが担保していた。だからとて、僕の開いた口がすんなり塞《ふさ》がるワケではない。

「え、あ、つまり……、つまり、どういうことですか？」

溜息《ためいき》。

「相変わらず妙なところで察しが悪いお方ですわねぇ。わたくしがこの設定を明かしたということは、つまり、《物語》は第二のターニングポイントを迎えるということですわ」

ぜんぜんつままれてない。狐にはつままれたような気分になっている。つまり意味がわからない。

「……まぁ、細かいことは一度展開を整理してからにしたほうがよさそうですわね。高嶺さん」

声をかけられた高嶺さんの身体がびくりと震えたのを僕は見た。

「一旦《いったん》、このゴタゴタに区切りをつけますわよ。いいですわね？」

有無を言わせぬ口調だった。高嶺さんはこくりと静かに頷《うなず》いた。まだ顔は見えなかった。

僕は部室の外に目を向けた。

特に理由はない。なんとなく、そうしなくてはならなかったように思えたのである。

その予感は正しいものであったと、僕は風景を見てすぐ理解できた。きっと、《物語》には僕の情景描写というやつが必要になったのだろう。

街が混沌《こんとん》としていた。

毒の刺毛を振り回す肉食歩行植物が現れたのだからパニックは起きて然るべきであるし、あちこちで火の手が上がっていたり、建物が崩壊したりしていることについては、胸の痛みを覚えつつもそこまで驚きはしなかった。

僕が目を見張ったのは、街に甚大な被害をもたらしたソラフィドのことごとくが、真っ黒い、立体にすら見えない影のようなものに姿を変えていたからである。

コンクリートにひび割れを起こして天に屹立《きつりつ》する大きく黒い影。四つ叉に分かれた足で街に散らばる人型サイズの黒い影。網目状に街を覆う細い黒い影。

ミカコの本体であるモノリスとは、ちょっと違う。あれはまだオブジェクトとして認識できる。しかし、これらの影はいくら目を凝らしてもただの塗りつぶしにしか見えない。

まるで、僕の視界に直接黒塗りを施されたみたいな感覚だ。

「貴様は、あれがなんだったか覚えているか？」

隣から声がした。秋円寺《しゆうえんじ》だった。いつの間にかいた。もはや出現の方法など問うたところで無駄だろう。

僕が生死の境をうろうろしている間も防衛任務にあたっていた彼は、どこもかしこも傷だらけだった。

僕は答えた。

「こんな大パニックを起こしやがった人類の敵だぞ。おまけに自分自身の仇《かたき》だ。忘れるワケないだろ」

「名前を言えるか？」

人を馬鹿にするのも大概にしろよと思ったが、口を開いても一向に言葉が出てこないので驚いた。

僕は記憶を必死に探って語彙《ごい》を探す。

そいつは、高嶺さんの『気まぐれな神の打鍵《デウス・エクス・マキナ》』によって生まれた人類の敵で、街中で暴れて、僕を殺した憎き相手だ。

名前は[redacted]。

「……なんだこれ、気持ち悪い。確かに覚えてるはずなのに、出てこない」

名前どころか、僕はそいつがどんな姿形をしていたのかすら思い出せなくなっていた。

どこから来たっけ？　地中？　怪しげな研究施設？

「これ、お前の仕業なのか？」

僕はこめかみをコツコツ殴りながら秋円寺にそう尋ねた。

「そうだ。もう隠す必要もないだろう。私の能力は《無貌の神《ヴィヤグゥーナ》》による影の使役だが、本質はそこではない。《物語》に不都合を引き起こす存在の隠蔽《いんぺい》、すなわち『黒塗り処分《ペンタブラックアウト》』こそが私のメタ能力だ」

そもそも秋円寺の影操作の能力だって満足に把握しちゃいないのに、ここに来て新たな要素を出されても困る。なんだよ、メタ能力って。名前ダセェな。

「だが、私のメタ能力では存在を隠蔽できても、既に起きてしまった被害についてはどうにもならん」

秋円寺が振り向いた先には高嶺さんがパイプ椅子にちんまりとお行儀よく座っていた。視線はやや下だ。

「そこで、我が主。ここは貴方《あなた》にお力添えいただきたいのですが、よろしいでしょうか？」

秋円寺の目つきにいつものふざけた調子は一切含まれていなかった。徹頭徹尾シリアスだった。お前からコメディ要素を抜いたらただの神秘的なイケメンになるからやめろと思った。

「ちょっと待ってくれ」

あまりに陳腐だから絶対に言うまいとしていた言葉を、僕は耐えきれなくなってついに発する。

「薔薇園先輩も、秋円寺も、なんなんださっきから。第二のターニングポイントだとかメタ能力だとかも意味がわからない。頼むから、僕を置いてけぼりにする前に一度ちゃんとした説明を、」

ビビーッという電子の警告音が鳴った。いつの間にやらモノリスの表面には光が灯り、指でバッテンを作ったミカコが映っている。

『それは次の章できちんと説明するですよ。でも今は、この章にオチをつけることのほうが先決です。文字数もだいぶかさんじゃってるですから』

ミカコ。お前もか。

「そういうワケですから、高嶺さん、事態の収拾をお願いいたしますわ。力の使い方は、」

「大丈夫です。理解しています。ぜんぶ」

食い気味に高嶺さんが返答した。彼女は椅子から腰を上げ、ようやく前を向いた。

やっとお目にかかれた彼女の表情を、なんと表現したものだろう。

口元はいつものアルカイックスマイルだったが、それが作り笑いであることくらい僕にも理解できた。いつもの希望に満ちたぱっちりお目々はどこへやら、瞳《ひとみ》からはハイライトが消えており、瞼《まぶた》も眠気にやられたみたいに半分下ろされている。

少なくともプラスの感情ではないなと思った。いろんな感情がごちゃまぜにブレンドされている気配を感じたが、その中に少なからず諦観《ていかん》の念があるように思えた。

高嶺さんは窓の外に右手をかざして、一言、呟《つぶや》いた。

「起動《ブート》」

高嶺さんの背中に、白銀の翼が生えた。

巨大である。肩甲骨から斜め上にばさりと生えたそれは、狭苦しい部室のキャパシティをゆうにオーバーしており、壁や天井にまで己の領分を広げた。

しかし不思議なことに両者は相反することなく存続した。たぶん、翼のほうには物理判定がないものだと思われる。

その翼は人の両手を模していた。たとえるならば、機械仕掛けの義手。分割された金属質な骨格のパーツを、ゴムのような素材の関節部で繋《つな》いでいた。

そこで僕はようやく、彼女の能力名を思い出す。『気まぐれな神の打鍵《デウス・エクス・マキナ》』。なるほど、作者の力というものをビジュアルに翻訳すると、こんな感じに可視化されるのか。

「消去《デリート》」

高嶺さんがそう呟くと、背中の両手がカタカタと指を走らせた。見えない何かを弾くような動きだった。

タンッという、小気味いい音が鳴った。

途端に街の明度が上がった。モザイクみたいにあちこちに乱立していた黒い影が、水で流したみたいに消え去ったのだ。

「復元《リストア》」

再び打鍵音が鳴る。今度は破壊の跡が消えた。

ソラフィドによって蹂躙《じゅうりん》され尽くした建物や道路が、何事もなかったかのように修復された。部室の天井も穴が塞《ふさ》がり、割れた床板はパズルのようにはめ込まれ、細かな端材に至るまで元いた場所まで立ち返る。

「たぶん、全部復元できたと思うわ。街も、建物も、人も」

高嶺さんの言うとおり、すべてが、《物語》なんてなかったみたいに元通りになった。

あまりにあっけなく訪れた大団円だった。

都合が良すぎて、まだ僕の胸に尾を引く破壊活動への罪悪感が蔑《ないがし》ろにされた気がした。なけなしの勇気を振り絞って命を懸けた甲斐《かい》がないなと思った。

しかし、ハッピーエンドには違いない。「やったねこれで明日《あした》からまたシュールな日常を楽しめるよ」という流れになってもよさそうなものだが、超文芸部の誰一人として笑みを浮かべていなかった。まだシリアスが継続していた。

「手塚くん」

「なに？」

僕と高嶺さんは向かい合う。

個性強めの連中を引き寄せて超文芸部を設立した彼女の側には、今や誰もいなかった。

異能力者たちは、足並み揃えて僕の背後に立っている。あからさまに今後の展開を象徴する立ち位置だった。

高嶺さんは言った。

「ごめんね」

それだけ言い残して、彼女はふっと姿を消してしまった。

《第七章》セカンド・ターニングポイント

シーンが切り替わると大体部室にいるな、と思う。

今回も例に漏れずその形だ。高嶺《たかみね》さんの『気まぐれな神の打鍵《デウス・エクス・マキナ》』によって生み出され、破壊され、そしてまた再建された超文芸部の部室は相変わらず古民家のような薄暗さを発揮していて、どう好意的に見ても辛気臭さが拭《ぬぐ》えない。

僕は定位置となった入口近くのパイプ椅子に座って腕組みしていた。視線を右から左に流すと薔薇園《ばらぞの》先輩、ミカコ、秋円寺《しゅうえんじ》と続く。

皆前章でのバトルを終えたばかりなのであちこちに生傷をつけていた。ミカコの本体もオーバーヒート気味になっていていささか室内が暑い。

一見いつも通りの光景だが、重要なものが一つ欠けていた。言うまでもなく、高嶺さんの存在である。

「説明を求める」

僕は憮然《ぶぜん》とした態度でそう言い放った。高圧的な態度を取るというのは僕の主義に反する行為だけれども、今回ばかりはその権利があると思う。

「そうですわね。きっと手塚《てづか》さんも読者もてんやわんやでしょうから、ここらで一度解説を挟むべきですわね」

口火を切ったのは最年長の薔薇園先輩だった。

「まずはわたくしたちの正体から先に設定開示いたしましょうか。わたくしたちはいわば、『メタ登場人物』とでも言うべき存在ですわ。自らが《物語》という仮想世界に生きているという自覚を持ったうえで、それを完結に導くために行動する登場人物、それがわたくしたちですわ」

彼女は袖口《そでぐち》からぶっとい針を覗《のぞ》かせて、

「ちなみに、わたくしたちはそれぞれ固有のメタ能力なるものを持っていますわ。わたくしの場合は、『転ばぬ先の杖作り《オーダーメイド》』といって、《物語》中で活用できる品物……通称プロット・デバイスの作成となっています。今回でいうと、手塚さんに一人称視点を与えたマクガフィンがそれに該当しますわね。夜なべして作りましたのよ」

マクガフィンという単語には聞き覚えがあった。確か三幕構成を調べた時に見かけた気がする。すごくざっくり言ってしまえば、物語の進行に関わるキーアイテムだ。

第三章において僕にメタ構造を認識させた、『僕はライトノベルの主人公』と題された文庫本。てっきり出どころは有耶無耶《うやむや》にされるもんだと思っていたのだが、ちゃんとそのへんの設定は用意してるらしい。

どうやって売り物と同レベルの製本作業を行ったのかというのは相変わらず謎ではあるものの、一応納得はできた。

『公人《きみと》お兄ちゃんも、第三章以降は、分類としてはメタ登場人物に属するですよ。ただ、ミカコたちとはちょっと役目が違うですけど』

「僕だけ仲間外れだったし、未だになんの能力もないもんな」

「そう不貞腐れるんじゃない。仕方ないだろう。作品のコンセプトが定まった時点で、貴様は《主人公》として独自のルートを歩むことになっていたのだから」

「一般人から異能力者、異能力者からメタ登場人物……お前らはあと何回変身を残してるんだ？　驚き方も工夫しなくちゃならないから、残機の数だけ教えろ」

『安心するです。これで最後ですよ。ミカコたちに、もはや素顔を隠す仮面はないですよ』

バーチャルライバーのガワを被ってるやつに言われても説得力に欠けるというものだ。

「まぁ、とにかく、お前らは最初からこの世界が《物語》だって知ったうえで、超文芸部のお仲間としてアレコレやってたってことか」

『うーん、そうですね。今回のバージョンに限って言えば、そうなるです』

「……今回？」

なにやら聞き捨てならぬワードが出てきた。

『実はですね、この作品は、千尋《ちひろ》お姉ちゃんの能力によって、もう何度も何度も書き直されているのです！　リライトに次ぐリライトを繰り返したせいで正確な数字は不明ですが、それはもうたくさんです』

「なんか急にSFじみてきたな。ええと、つまり、僕らは同じ作品内をループしてるってことか？」

『似てるですけど、ちょっと違うですね。繰り返し《ループ》ではなく、書き直し《リライト》です。公人お兄ちゃんも小説書いたことあるなら理解できるんじゃないです？　いちおう書き進めてみたけど、なんか違うなーってなって最初から書き直すこと。ミカコたちに起こっているのは、まさにそれです』

ミカコがモノリスにアニメーションを表示して理解を促した。

テキストファイルにぎっしり埋められた文字が、全選択からの削除であっという間に消え去った。確かに見覚えのある光景だ。

『中心の作品コンセプトにそこまで変化はないですが、細々とした設定や、第二章のカケルくんみたいなヴィランや、章の具体的な展開なんかは、大なり小なり変更が加えられているです。ミカコたち登場人物も書き直しの例外ではなかったですよ。ミカコも、まりあお姉ちゃんも、シドお兄ちゃんも、全員それぞれ名前も設定も異なる先代がいたです。役割だけ引き継いだ形ですね』

サラッと流す割には残酷すぎることを言われた気がするが、当の本人があまり気にしていなさそうなのでスルーを決める。

『もちろん公人お兄ちゃんたちに書き直しの記憶はないですよ。これらの書き直しの履歴を遡《さかのぼ》ることができるのは、『古紙を継ぐもの《ゴールデンレコード》』というメタ能力を持ってるミカコだけです。えっへん！』

ミカコは誇らしげに胸を張る。さんざん異能力に対しては密かに憧《あこが》れを持っていた僕だったが、ミカコのメタ能力に関しては一切欲しいと思わなかった。

「それってつまり、ボツになった三流ライトノベルをひたすら読まなきゃならないってことだろ。一種の拷問だ。よく耐えられるな」

『まぁ、ミカコはデータを処理してナンボの電子生命体ですし』

そういえばそうだった。どんなところにも適材というやつはいるものだな。

『そんな感じで、ミカコは過去のデータを分析して未来のシナリオの予測なんかもできるので、今回も展開を操作するため裏でアレコレ暗躍してたです。やましい気持ちはないですけど……騙《だま》す形になってごめんなさいです』

ふむ、と納得しかけたところで、僕の脳裏にとある疑問がちらついた。

「……待てよ。ってことは、お前は僕が死ぬ展開も予想できてたのか？」

『うぎゃー！』と音割れした声がスピーカーから漏れた。

『違うです違うです！　いや！　違わないですけど！　ミカコだってピンチⅡを回避しようと頑張ったですよ！　何度もシミュレーションを回して安全対策ばっちりでした！　それでも……うう……防げなかったです……』

慌てたりしょげたりと画面内が忙しない。

「手塚さん。どうかミカコさんを責めないでくださいまし。そもそもあのイベントは、貴方たちの防衛にあたっていたわたくしが防ぐべきでした。間に合わず、誠に申し訳ございません」

涙目の幼女と険しい顔をした先輩に頭を下げられる。

正直なところ、過ぎてしまったことなのでそんなに気にしていないし、純粋な疑問としてつい口から出てきただけだったのだ。軽い気持ちで余計なやぶを突いてしまったようである。

「たぶん、どうにもならなかったやつなので誰の責任でもないですよ。そもそもミカコがいなければリカバリも利かなくて、僕は今頃あの世行きでしたし」

『本当ですか!?　怒ってないですか？』

「怒ってないよ」

『うー、よかったです。これでミカコの読者好感度も下がらずにすみました』

気にするところはそこかよ。

「おい、話が横道に逸れすぎだぞ。貴様らのおためごかしなどどうでもいい。重要なのは、どのようにしてこの《物語》を完成させるか、その方法だ」

秋円寺に呆《あき》れ顔《がお》で制された。コメディ担当に真面目にやれと言われるのは癪《しゃく》に障るぞこんにゃろう。

「手塚公人。貴様も目の当たりにしただろう。我が主の意気消沈した姿を。まことに遺憾ではあるが、最後は《主人公》である貴様に事態の収拾をつけてもらわねばならん。気合を入れろ」

「気合を入れろって言われてもな……今のところ、具体的になにすりゃいいのか見当もつかん」

『ご安心するです！　ハイスペなミカコは、回収するべき二つの要素を既に見つけ出しているですよ！』

その言葉を聞いて少なからず安堵《あんど》した。さすがにこの期に及んで暗中模索のスタンプラリーをしろとは言われないらしい。

『まず一つは、千尋お姉ちゃんの【裏設定】を見つけることです』

出たな、謎要素。

割と序盤から三人称視点に提示されてはいたものの、現在に至るまで皆目見当もついていないぜ。

『これについては安心するですよ。この作品は万人向けのエンタメを目指しているので、既にある程度の情報は出揃《でそろ》っているはずです。あとは公人お兄ちゃんがそれをうまく繋《つな》げて解答を導き出すだけですよ！』

「……カンニングとか、できない？」

「仮にそれで知り得たとして、作品として面白くなると思うのか貴様は。恥を知れ」

だって、わかんねぇもんはわかんねぇんだもん。

『それに、たぶんミカコたちには推理できないようなプロテクトがかけられている気がするですね。じゃなかったらとっくに見つけてるはずですし』

「わかったよ。それは僕の数少ない役目として引き受けよう。それで、あと一つは？」

『とあるシーンで発生する、特異点の解消です』

またSF要素が出てきた。

『さっきも言ったとおり、この作品は何度も書き直されてるです。途中まではミカコたちのメタ能力を使えば到達できるですけど、クライマックスにおけるあるシーンで、必ずこの《物語》が第一章の冒頭に戻ってしまうです。それが特異点です』

「恐らくですけれど、作者はそこで一つのプロットを用意しているはずですわ。書き直しを抜け出すための、ある行動。それを実行することで高嶺さんの【裏設定】も解消され、無事に《物語》が完成すると思われますわ」

「だが、私たちではどうにもそれを見つけられなかった」

『たぶん、これも意図的に隠されてるですね。ライトノベルだったら、絶対に挿絵が挟み込まれるってくらい重要なシーンなので。メタ登場人物の能力っていうインチキが使えないようになってるんじゃないかとミカコは思うです』

「なんだよ、そのシーンって」

そこで薔薇園先輩とミカコは示し合わせたように目を合わせ、口を噤《つぐ》んだ。

何故そこで口ごもる。

まるで気まずいことを口走る時みたいじゃないか。

その「どっちが言う？」みたいな目配せをやめろと思ったところで、秋円寺がしぶしぶといった調子で声を発した。


「キスシーンだ」


「え？」

よく聞き取れなかったのかと思った。

そう思いたかった。

「貴様と、我が主との、キスシーン、だ」

しかし、秋円寺が地獄の底から響くような怨嗟《えんさ》の籠《こ》もった声で、一節一節はっきりと口にしたせいで、決して聞き間違いではないということがわかった。

「マジかよ」

当然の流れとして、僕は唖然《あぜん》としてしまう。

ライトノベルに限らず、あらゆるジャンルの物語において、『キス』という行為は大きな意味を持つ。

それは、甘酸っぱい関係性が進展する際の転換点だったり、瀕死《ひんし》の状態から新たな力を得る覚醒《かくせい》イベントだったり、セカイを救うためのほんの些細《ささい》なきっかけであったりする。

いずれにしても、《物語》を大きく左右するシーンであるということは間違いない。

しかし今どき、「男女のキスによって事態が解決する」なんて手垢《てあか》のついた展開を、やるかね、普通。

『信じられない気持ちもわかるですけど、これは揺るぎない事実です。公人お兄ちゃんと千尋お姉ちゃんのキスシーンは、この作品のコンセプトとほとんど同時に生まれてたです。いわば作品の核とも呼べる原初のプロット。ミカコたちじゃどうやっても変更できないくらいカッチカチです』

どうやら、作者はなんとしてでも僕と高嶺さんの接吻《せっぷん》シーンを描きたいらしいが、

「その展開には無理がある。いいか、僕という人間をよく見ろ」

全員の視線が集まる。

「どこからどう見てもクラスの端っこに生息するダンゴムシだ。高嶺さんとキスするにあたってふさわしい人材じゃない」

「それは、そうですわね」

『ごもっともです』

「疑う余地もないな」

遠慮のない関係ってのは素晴らしいなチクショウ。

「だったら納得できるだろ。今まで《物語》が書き直しされた理由は、キスシーンの成立条件に不備があるからだ。前提に無理があるんだから、どう頑張ったって成功するはずがない」

『公人お兄ちゃん。何か勘違いされてるみたいですけど、』

そう前置きして、ミカコは言った。

『キス自体は、もう過去のバージョンで何度もやってるですよ』

嘘だろ。

「嘘だろ」

思わず思考と言動がリンクしてしまうほどの衝撃だった。

「馬鹿な！　この僕が高嶺さんとキスをしただと!?　ありえん！　天地がひっくり返ってもありえん！」

魅力的な女性だからといって、話運びがそうなったからといって、読者及び他の登場人物の注目を集める中、そんな不埒《ふらち》な行動に走るなんて信じられないし、信じたくもない。

「そんな恥知らずに育ってきた覚えはないぞ！」

『そんなこと言ったって……キスの描写したのも他ならぬ公人お兄ちゃんですし。ミカコ、比較検討して文字数の分布図まで作成したので間違いないです。なんなら、アーカイブ辿《たど》って地の文を読み上げてもいいですよ』

嘘でも真実でも精神的ダメージを負うことになる悪魔の提案に、僕は無言で首を振って拒否の姿勢を示した。

その時、ダンゴムシ精神から発せられた嫌な考えが頭をよぎる。

「……もしかして、高嶺さんは僕とキスをするのが嫌すぎて《物語》の書き直しを選択してるんじゃないのか？」

『それはないと思うです。だって千尋お姉ちゃんは今や作者と同レベルの権限を持ってるですよ？　嫌なら今からでもプロットに干渉してキスシーンを削除してしまえばいいだけです。でもこうして言及できてるってことは、千尋お姉ちゃんはまんざらでもないってことです』

となるとますます理由がわからない。

『だから、ただキスするだけじゃ駄目なのですよ。一体、どんな理由で千尋お姉ちゃんがこの《物語》を書き直すのか。そして、どんな行動を起こせば書き直しの特異点を解消できるのか。ミカコたちは字数制限という迫るタイムリミットの中、それをなんとしても見つけなくちゃいけないです』

ミカコはそう結論づけて、モノリスに二つのフキダシを表示した。

高嶺さんにまつわる【裏設定】の解明と、キスシーンにおける特異点の解消。

なんということだ。こちとらロクな説明もないまま、「ただ流れに乗っていけばＯＫ」という雑な指示で一人称視点を引き受けたというのに、やるべきことが減るどころか増えている。

本当に、この作品、完成させることなんてできるのか？

「私ね、ずっと非日常溢《あふ》れる物語に憧《あこが》れていたの」

そんな不安を思い浮かべた時だった。部室の中央あたりから、いささか湿気の籠もった綺麗《きれい》な声がした。

目を向けると、高嶺さんがいつもより身体を縮こまらせて座っていた。

もはやいきなり出現したことについては、誰も驚かないし尋ねもしない。

僕らは固唾《かたず》を呑《の》んで高嶺さんの一挙手一投足に注意を払う。彼女は膝《ひざ》の上から一冊の本を取り出し、自分の前に置いた。

『僕はライトノベルの主人公』と題された文庫本である。

「その夢を叶《かな》えようと思って、この超文芸部を設立して、これからどんなものを作ろうかって思ってたのだけど……ふふ、実はもうとっくに始まっていたのね」

彼女の視線は本の表紙に注がれたままだ。

「勘違いしないでね。こっそり《物語》が始まっていたことについては、怒ってないの。自分が一種の道化役だったことにも、不満はないの。だって、設定として理解できるもの」

高嶺さんは本を開く。ページをぱらぱらとめくる。

そこには三人称視点や僕の一人称視点によって紡がれてきた《物語》がある。もうすぐ完成しそうというところまではなんとかやってこられたものの、残りの空白を埋めるのは今までのどの展開よりも難しそうだ。

「セカイ系を下敷きにしたメタフィクションというところは、とても面白い発想だと思うの。みんな、キャラクターが立っていたし、掛け合いもふふふと笑えて、良かったわ。基本的にはコメディで読みやすいけれど、シリアス要素もちゃんとあって……うん、そうね、

「手塚くんが私のせいで死んじゃって、視点が切り替わるところは、特に良かったわ」

自虐的に彼女は笑う。人を死にいたらしめた罪悪感と、そのシーンを描けたことに満足している達成感、二つの視点が重なっていると思った。

高嶺千尋という個々の登場人物と、『気まぐれな神の打鍵《デウス・エクス・マキナ》』なるものを押し付けられた、作者の依代。その二つの視点だ。

「でもね」

逆接だ。

「まだ、この《物語》には、たくさん、改善の余地があると思うの」

僕は悟る。書き直しが始まろうとしている。

「だから、手塚くん」

高嶺さんはそこで本から顔を上げて、僕を見た。

ただの《メインヒロイン》だと断ずるにしては人間臭く、人間にしては機械じみていて、機械仕掛けの神と呼ぶには、あまりにも、《メインヒロイン》の顔をしていた。

「この《物語》を、最初から、書き直してみるのはどうかしら？」

途端、足元が崩れ落ちるような感覚がして、世界そのものが、ぐにゃりと歪《ゆが》んだ。

夢の中にいるようだった。

自分がどこにいるのか。なにをしているのか。周囲には誰がいて、どんな景色なのか。

それらを認識しようにも、陽炎《かげろう》のようにイメージがコロコロ変わるせいで、具体的な記述が何ひとつままならない。

イメージの奔流。時間軸の湾曲。設定の裂破。捏造《ねつぞう》の乱立。

曖昧模糊《あいまいもこ》。支離滅裂。意味不明。ぐちゃぐちゃ。

そんな表現でしか、僕は、今の状況を言い表すことができなかった。

自分でも記述していてまったく意味がわからない。

『公人お兄ちゃん！』

しかし、創英角ポップ体みたいな電子音声が耳元で鳴って、僕はそこではっとする。

『千尋お姉ちゃんが書き直しを発動したです！　時間軸も舞台設定も展開もグッチャグチャになるですが、余計な疑問は抱かず記述に集中するですよ！』

テレスクリーンの網を張るミカコが、０と１の複眼で世界を見渡す。

「すぐにリセットされてしまうワケではありませんわ。まだ猶予はあります。まずは己の立ち位置を見定めるところから始めなさい」

呪いを引き継ぐ薔薇園先輩が、凸面鏡の前で無邪気に笑う。

「貴様の役割を心に刻め。我が主を救い、この《物語》を完成させろ」

外宇宙の深淵《しんえん》と背中合わせの秋円寺が、冬虫夏草の意を汲《く》む。

千変万化する心象風景の中、それらの言葉を信じ、僕は流れに身を委ねた。

意識が、ぷつんと途切れた。


「先輩。それは何を作っているんですか」

たまには部室ではなく学食で昼食を摂るかと思って、ちょっと心拍数上げながら立ち寄ると、薔薇園先輩がいた。四人がけのテーブルでせっせか手を動かしていたので、僕は向かいに腰掛ける。

先輩は既に味噌《みそ》カツ丼を平らげた後らしく、空になった器を机の端に寄せ、代わりにたくさんの布を広げて、なにやらちくちくやっていた。

「店で大量の端切れが発生したので、勿体《もったい》ないからパッチワークでタペストリーを作っているんですの」

「へぇ」

彼女はこちらに一瞥《いちべつ》もくれずに針を動かし続けていた。鬼気迫る表情である。

僕は注文した蕎麦《そば》に七味をふりかけながら、決して汁を飛び散らせないように食べようと心に決めた。

蕎麦の上には薄く切られたカマボコと刻みネギ、それと[redacted]の切身が載っている。食堂のおばちゃんを信じて残さず美味《おい》しくいただきたいとは思うものの、さすがに得体が知れなすぎるので、僕は[redacted]だけは箸《はし》の反対側で摘んでトレイの端っこへと追いやった。

「《物語》を完成させる目処は立ちましたの？」

可もなく不可もない味の蕎麦を食していると、出し抜けに先輩がそんな疑問をぶつけてきた。僕は三度の咀嚼《そしやく》を経てから言葉を返す。

「いえ、まったく」

「その割には呑気《のんき》そうですわね。もしかすると明日《あした》には世界が書き直されるかもしれませんのに」

「ただのダンゴムシに世界の危機をどうこう言われても実感が持てないんですよ。正直なところ、モチベがないです」

嘘ではない。僕の心は世界の危機を前にしても存外穏やかだった。

夏休みの宿題を放置したまま迎えた二学期前日の夜のような、ヤバいのはわかっているが他人事《ひとごと》みたいな感覚である。

でなければこんなところで蕎麦などすすっていない。

「モロに現実逃避ですわね」

「それは先輩もでしょう。この期に及んで手芸なんてやってる場合ですか」

「勘違いしないでくださいまし。これは趣味でやってるのではありません。仕事ですわ。今週のノルマが終わってねぇんですの。楽しいよりも面倒くせぇが先に来ますわ」

「なおのこと今やってる場合じゃない気がしますけど」

「どんな状況でもわたくしがこの仕事を投げ出すなんてありえませんわ。これは、わたくしをわたくしたらしめるライフワークなんですもの」

そこで一旦《いったん》言葉を区切ると、先輩は針と糸を机の上に置いた。思わず僕の箸も止まる。

先輩はまっすぐ僕を見据えて言った。

「手塚さん。これはもしも《物語》が書き直しを抜けた場合の話ですけれど、その場合、一体いつ、わたくしたちの人生は終わるのだと思います？」

僕はちょっと考える。

「それは……この作品の売上が意外なことに好調で、打ち切りにならずシリーズが続けば……まぁ、僕が高校を卒業するくらいまでは描かれるんじゃないですか」

「それはあくまで《物語》の終わりですわよね。わたくしが尋ねているのは、わたくしたちの人生の終わりですわ」

「僕にはその二つの違いがわかりません。僕らは架空世界に生きる登場人物ですよ。作者が執筆を止めた時点で、僕らの人生のそこから先はない。《物語》と人生の終着点は同じなんじゃないですか？」

どれだけ爆発的に売れたとしてもあり得るラインは大学生編までだ。そこから先は需要がないから執筆されることはないだろう。

「わたくしは、そうは思いませんわ」

先輩はきっぱりと言い放つ。

「《物語》は、わたくしたちの人生におけるある一定の期間に過ぎませんわ。作者が執筆を止めてしまえば、確かにそこで一区切りはつくでしょう。ですが、それは人生の終わりを意味しておりません。それまでに紡がれた《物語》の慣性力によって、わたくしたちの人生は描写されずとも続きますわ。主に読者の頭の中で」

「ダンゴムシでもわかるよう、もう少しわかりやすくお願いします」

「つまりですわね、これからも人生を続けたければ、現実逃避ばっかりしてないで、まずは一旦この《物語》をきちんと完成させろということですわ」

薔薇園先輩の御高説の内容が激励を意味していたことに、僕はようやく気づいた。

「未完成のままだとわたくしたちは作者の脳内から出られませんが、一巻さえ出版してしまえば、あとはこっちのもんですわ。打ち切りになっても、読者の一人くらいはわたくしたちの二次創作を夜寝る前に妄想してくれることでしょう」

「かなり希望的な観測ですよ、それ」

「うっせぇですわね。そう思わないとやってらんねぇんですの。こっちには四十年後まで見据えた事業計画があるんですのよ。作者の都合で勝手にわたくしの人生を終わらせられても困りますわ」

薔薇園先輩はそこで話は終わったとばかりに僕から目を離し、再び針でちくちくやり始めた。

これ以上先輩の時間を奪ってしまうのは申し訳がない。僕は器に残った蕎麦つゆを一気に飲み干し、トレイに載せて立ち上がった。

腹ごなしも済んだし、多少は《物語》を完成させようというモチベも湧いた。

立ち去り際に僕は尋ねる。

「先輩、そのタペストリー、店頭に並ぶのはいつ頃になりそうですか？」

「そうですわねぇ……合間合間で作ってますから、早くとも来週の土日あたりでしょうか」

「じゃあ、それ買いたいので取り置きお願いできますか。《物語》が完成して、日常が戻ってきたら買いに行きますので」

我ながら気恥ずかしくなるくらいスカしたことを言ってしまったが、先輩はあくまで手元を動かしたまま、目だけをこちらに向けてにやりと笑った。

「ご注文承りましたわ。まったく、少しは《主人公》らしくなったじゃありませんの」

僕は気を抜くと上向いてしまいそうになる口角をなるべく水平に保ちながら、食堂を後にした。

「単刀直入に聞こう。貴様、我が主のことをどう思っている？」

《物語》が始まってから封鎖が解けた屋上にて、僕と秋円寺は並んで街を見下ろしていた。じりじりと日光が肌を焼いていて、一体僕らは日陰へ避難もせずに何をやっているのだろうと思わないでもないが、なんとなく青春らしい雰囲気を味わえているのでよしとする。

空には巨大な[redacted]が漂っていた。

「どうって……綺麗《きれい》で、愉快な人だと思ってる」

「そういう意味ではない」

秋円寺はわざとらしく溜息《ためいき》を吐く。前から思っていたが、こいつ、生地の分厚い学ランでよくこの残暑を熱中症にもならず過ごせるな。

「この流れだと恋愛感情のほうに決まっているだろう。貴様も流石に気づいてはいるな。自分が、我が主に好意を抱かれているということは」

一体なんと答えたものだろう。

「先に言っておくが、ここで古臭い鈍感系主人公ムーブなんてするなよ。時間と文字数の無駄だ」

返答を考えあぐねている間に退路を塞《ふさ》がれてしまったので、僕はしぶしぶ口から建前を外す。

「……まぁ、察してないワケじゃない。でも、それは恋愛感情じゃなくて知的好奇心だろ。普段キラキラした順風満帆ライフを送っていたから、たまたま見つけた石裏のダンゴムシに興味を抱いてるだけだ」

「どこまでもしらばっくれるつもりか。理解できんな。《物語》はプロットの段階から貴様と我が主のラブコメを描こうとしているというのに、何故ここまで拒むのだ。タナボタを腐らせたいのか」

「そこが嫌なんだよ」

僕は胸中にわだかまるモヤモヤをなんとか言語化してみようと試みる。

「僕が安易にその展開を受け入れてしまったら、それは僕と高嶺さんが作者の作ったプロットに操られるってことになるだろ。そんなの人間性の否定だね。運命の赤い糸ってやつは見えないから良いのであって、こうまでくっきり提示されると、なんか、嫌だ」

秋円寺は鼻で笑いやがった。

「なるほどな。貴様の懸念点はそこか」

「それに、僕は自分が取るに足らないダンゴムシだっていう強い自負がある。ここで僕が理性を保ってしっかり拒否しておかないと、後で高嶺さんが正気に戻ったりしたら申し訳ないじゃ済まない」

秋円寺が呆《あき》れた目で僕を見る。

「あまり、我々を舐《な》めるなよ」

秋円寺は言った。怒りというよりは慰めを感じる語調だった。

「我々は作者の操り人形ではなく、確固とした登場人物だ。架空の存在には過ぎないが、そこには作者も無視できぬほどの自我がある。作者はこの道を歩んでくれと願いながらプロットを提示するだけだ。それを選び取るのは他ならぬ我々自身の意思である」

「……すごい自信だな」

「たかが一つ上の次元にいるだけの作者が、登場人物を満足に支配できるものか。それに、幸か不幸か、我々の作者はどうやらデビューしたての三流ライトノベル作家のようだ。御し切ることなどたやすいだろうよ」

「知らないぞお前、バチが当たっても」

「ふん。登場人物に煽《あお》られたくらいで整合性を取っ払った展開を持ち出すなら、それこそ三流以下の作家だ。来るなら来い」

どこまでも天上に向かって唾《つば》を吐きかける秋円寺だった。

「いいか。我が主も作者の指示にホイホイ従っているのではない。結果的にそう見えるのだとしても、選び取ったのは間違いなく本人だ。作者ではない。つまりだな、」

秋円寺はそこで僕に指をびしりと向けた。

「貴様が抱いている懸念点は、まったくのお門違いということだ。もはやこれは自由意志がどうこうといった面倒な話ではない。好意を素直に受け取るかどうかという単純な話だ」

そこでようやく、僕は秋円寺の意図に気づく。

「……もしかして、お前、僕の背中を押そうとしてるのか？」

すごい嫌そうな顔をされた。

「勘違いするな。私個人としては、我が主と貴様の関係は破綻《はたん》してくれたほうが都合がいい。だがな、我が主の好意を無駄に曲解してビクビクしている愚か者を、見ていられなくなっただけだ。要は貴様が意気地なしのダンゴムシなせいだ」

罵倒《ばとう》でコーティングされているものの、その言葉の本質がアドバイスであることに疑いの余地はなかった。

「……」

僕が素直に感謝を伝えるべきか、それとも「野郎のツンデレ要素なんていらんぞ気持ち悪い」と殴り合いのコミュニケーションを取るべきか迷っていると、僕らの目の前でビルが倒壊し、地中からモグラみたいな巨大怪獣が出現した。

たぶん、僕らにとっては、珍しく、都合の良いハプニングだった。

「おっと、くだらん話をしていたら、また我が主の想像力が暴走したようだ。急いで消しに行かなくては」

秋円寺が咳払《せきばら》いひとつしてからしゅるしゅると包帯を解く。手の甲に刻まれたタトゥーをかざすと、彼の影はぬるりと浮き上がり、そして全身を覆う鎧《よろい》となる。

秋円寺は屋上から向かいのビル目掛けて影の軌跡を伸ばし、向こう側に渡ろうとする。

「頑張れよ」

今にも飛び去りそうな背中に、聞こえるか聞こえないかくらいの声量でそう呟《つぶや》くのが、今の僕にできる精一杯の感謝だった。


『この場面の時間軸は、第七章において、千尋お姉ちゃんがセカンド・ターニングポイントを引き起こした後になるです。実は、セカンド・ターニングポイントで確かに世界は色々ごちゃごちゃになってしまったですけど、記述の届かないところでは、日常ってものは淡々と過ぎているのです』

「なんだ、どうした、急に」

学校の地下深くに人知れず設立されたサーバー室で読書をしていたら、ミカコのモノリスが起動して急にそんなことを言い出した。

あまりに唐突だったので、ついに無意味な機械学習のストレスが頂点に達して壊れてしまったのかと思ったほどだ。

『いえ、過去の傾向的に、セカンド・ターニングポイントから意味不明なシーンが続いちゃってるです。なので、ミカコの場面の時くらい、きちんと時間軸を定義したほうが読者も読みやすいかと思ったですよ』

「随分と配慮が行き届いているじゃないか」

『ふふふん！　ミカコはどこまでも人類救済を目指してるですからね！　読者だって次元は違えど同じ救済対象です！』

「そういえばお前、割と物騒な設定してたんだっけな」

『ちょっと！　今の今まで忘れてたですか⁉　それはミカコに対する宣戦布告と受け取るですよ！』

「だってなぁ……お前あんまり世界征服要素出してこないし、なんなら電子生命体って設定すらうまく扱われてるかどうか怪しいぞ」

『ぐぬぬ……否定できないのが悔しいです。第一巻が十万字程度という縛りさえなければ、ミカコだってもっとキャラを活かせたのにぃ……です』

「語尾すらあやふやになりかけてるじゃねぇか」

　僕のツッコミにより会話が一段落すると、ミカコは表情をさっと切り替えて真面目な顔つきになった。

『まぁ、シーン冒頭の軽いじゃれ合いはこのくらいにして、早いところ本題に入るでです。公人お兄ちゃんがわざわざこの秘密基地にやってきたということは、ミカコに何か聞きたいことがあるからじゃないです？』

「そんなところかな。ミカコ。僕たちのこれまでとこれからを誰よりも知っているお前に聞きたい。僕は、この《物語》をちゃんと完成させることができるんだろうか？」

『それは絶対できるですね』

「反応軽くない？」

割と真剣に尋ねたつもりだったのに、妙に軽いテンションで返されたものだからいささか拍子抜けしてしまう。

「僕が聞きたいのは生暖かい慰めなんかじゃないぞ」

『いえいえ、これは公人お兄ちゃんへの無責任エールなどではなく、客観的な事実から導いた、極めて実現性が高い予測です』

「詳しく聞かせてもらおうじゃないか」

『うーん、すごいそもそもの話をするんですけど、この作品は個人が同人活動として出版するものではなくて、角川スニーカー文庫というレーベルを通して出版するものですよね』

「どうやらそのようだな」

『だったらやっぱり、作者が無理に介入してでも完成はすると思うですね。むしろ、完成しないと色々とマズいです。出版契約まで結んでおいて、いざ締切当日に完成できませんでしたなんてことは、社会通念上許されるとは思えないですからね。デビューしたての三流作家ならなおさらです』

「お前、すごく身も蓋《ふた》もないことを言ったな」

『でも、実際これを読んでる読者はお金を払ってこの本を手に取ってるです。その時点で完成してるのは丸わかりですよ』

「そんなことを言い出したら、これからのクライマックスが全部茶番になるじゃないか。完成するのかしないのかってところが肝なのに。読者が興味を失ったらどうする」

『そりゃあ、予想もつかないような展開にできるのが一番いいですけど、ミカコたちの《物語》はジャンルがコメディなので、どうしてもオチはあらかた予想できちゃうですよ。そこは割り切って、過程を面白く描ければそれでいいと思うです。ネタバレありきで読んでも面白い《物語》なんて、いくらでもあるですよ』

「読者だけにオチが知られているならまだしも、登場人物の僕がオチを知っちゃったら駄目じゃないか？　どうやっても緊張感保てなくなるぞ」

『そこも大丈夫です！　あ、いえ、大丈夫ではないですけど。ミカコは確かに完成間違いなしとは言ったですが、それが今回のバージョンだとは言ってないです。読者たち上位存在と違って、紙面上に生きるミカコたちには完成がいつになるのかはわからないですから

「……今の僕たちにとっては、依然としてヤバい状況に変わりないってことか」

『ですです。《物語》完成の可否問題が消失しても、今度は試行回数と程度の問題が浮上してくるですよ。この《物語》は必ず完成するです。でも、それが今から十数ページほど先のことなのか、それとも数千万バイト先のことなのかは不明です。プロットをすべて回収しきってクオリティの高い《物語》になるのか、それとも風呂敷《ふろしき》のたたみ方がヘタクソで残念な《物語》になるかどうかも、今のミカコたちにはわからないです」

僕はミカコの解説をたっぷり三十秒かけて咀嚼《そしやく》した。それでも正直喉《のど》に突っかかってる感じがする。消化不良だ。

「まず言いたい。お前、マスコットポジションのくせに難しいこと言うなよ。頭が沸騰するかと思った」

『ありゃ。それはごめんです。まぁ、この解釈は《物語》の本筋には影響を与えないエッセンス的なものなので、難しかったらスルーしてもらっていいですよ』

「シンプルな話をさせてくれ。僕はこの《物語》を完成させることができるんだな？」

『そうです！』

「よし、わかった。それだけ知れたら十分だ。なんとしても、今回のバージョンで《物語》を完成させてやるよ」

ね』

『そうなったら、ミカコはとっても嬉《うれ》しいです』

ここまで大見得切ったのだから、てっきりミカコも満面の笑みを浮かべるのかと思いきや、彼女がモニターに映したのは、キャラ設定に似合わぬ儚《はかな》げな表情だった。

『ミカコはメタ能力のおかげで書き直しが起こっても覚えてられるですけど、公人お兄ちゃんたちからは、ミカコのデータが消えちゃうですからね。それはちょっと、寂しいです』

このアンニュイな感じは、これまでの天真爛漫《てんしんらんまん》ハイテンションな雰囲気とは異なる趣きがあり、これはこれで読者人気を勝ち取れそうではある。

『それに、次のバージョンでミカコがいる保証はどこにもないですからね。ミカコのポジションが別の登場人物に置き換わることだってあり得るです。それで《物語》がもっと面白くなるなら仕方ないですけど……でも、でも、』

「いらん心配をするんじゃない。僕が完成させると言ったろ」

だが、やはり彼女に似合うのは、あのぱあっときらめく笑顔だと思った。寒色よりも暖色のほうがふさわしいと思った。

だから僕はモノリスに映るミカコのしょぼくれた顔に指を当てて、思う存分むにむにとスワイプしてやった。

「だからお前はマスコットらしく笑顔でいろ。そうじゃなきゃ、超文芸部のムードが暗くなるだろうが」

指を上にスライドし、無理やりミカコの口角を上げてやった。離したらすぐに下がりそうになったけれども彼女はなんとか涙目で堪え、

『はいです！』

ぎこちないながらも笑みを浮かべた。

「うん。それでいい」

僕も笑った。

今や数少ない安全地帯となった自分の部屋で、僕はあぐらをかいて腕組みしている。

考えているのは高嶺さんのことである。高嶺さんの【裏設定】のことである。

なぜ、彼女はこの《物語》を最初から書き直そうとするのだろうか。

一体どんな【裏設定】があれば、何度も何度もそれを繰り返すようなことになるのだろうか。

僕はそれを考えている。

まず真っ先に思いつくのは、図らずも僕を死に追いやってしまったことに対する罪悪感によるものだ。

この架空世界の神にも等しい力を持つとはいえ、元々は多少エキセントリックな女の子

に過ぎなかったのだ。良心の呵責《かしやく》に苛《さいな》まれて、いっそ世界ごとやり直してしまいたいというのは、動機としては十分理解できる。

だが、それは今回の書き直しの理由には当てはまっても、これまでボツにされ続けてきた《物語》すべてに一貫する理由だとは思えない。

ミカコによると僕は毎回必ず死んでいるワケではないらしいし、第一、こんなモノローグで言及できたってことは、すなわちハズレだ。正解だったらもっと盛り上がるシーンで出てくることだろう。

だからきっと、答えは別のところにある。

「だとすると、もう残されたのってこれしかないんだよなぁ……」

僕は溜息《ためいき》と共にそんな言葉を吐き出した。

目の前にあるのは一冊の本である。

この《物語》が記述されている『僕はライトノベルの主人公』ではない。

それよりももっと薄く、もっとくだらなく、もっと唾棄《だき》すべきものだ。

タイトルを『旧校舎コドク倶楽部《くらぶ》』という。

僕が神戸傷痛《かみときずいて》というペンネームを用いて著し、なけなしの小遣いをはたいて自費出版し、そして読者を求めてこっそり図書室に置いたオリジナル小説である。

《物語》の序盤で登場し、僕と高嶺さんを引き合わせるきっかけとなった小冊子であるが、読者諸君は今の今まで存在を忘れていたことだろう。そしてそれは無理もない話だ。なぜなら、思い出したくもお披露目したくもないため、語り手である僕がこれまで頑なに記述を避けてきたからである。

しかし、消去法的に、もうここにしか高嶺さんの【裏設定】を解くカギはない。だから僕は意を決して、実に半年ぶりくらいにページをめくる。

「うっげ……」

人が進化の過程で身につけてきた記憶力というものをこれほど呪ったことはない。パラパラと流し読みしただけだというのに、執筆時の記憶が蘇《よみがえ》ってきて、内容はおろか一行一行の細部に至るまで思い出してしまった。

当時の僕が抱いていた見当違いな全能感、作品に込めていた壮大かつ実力に見合わぬ野望、浮かべていたドヤ顔が、手に取るようにわかる。

「よくこんなものを自費出版しようと思ったな。浮かれすぎだろ、僕」

なお、ここに来てその内容を改めて解説しようとは思わない。具体性に欠けるだのと指摘されようが絶対にしない。そんなことをしても誰の益にもならない。

ここに記されているのは、ダンゴムシ少年が若気の至りで紡ぎ上げた願望垂れ流しの駄作であって、それ以上のものでは決してない。

しかし、高嶺さんはなぜだかこれを読んで、僕を《主人公》にしたいと思ったらしい。

「たぶん、その辺が【裏設定】絡みなんだろうな」

そんなことを呟《つぶや》きながら、僕は小一時間ほど頭を悩ませていた。

もしかしたら作者の僕すらも見落としていたメッセージ性があるやもしれぬと思って、頬杖《ほおづえ》ついたり寝そべってみたり結末から読み直してみたり色々したけれども、わかったのは、この作品は三百六十度どの角度から見ても疑いようのない駄作であるという悲しい事実だけだった。

高嶺さんは確かに感受性が豊かそうなところはあるが、こんな駄作に本気で心を動かされるくらい敏感ってことはないだろう。

「どんな理由があれば、こんな駄作の作者を《主人公》に選ぼうと思うんだよ」

黒歴史の発掘作業にうんざりし、一度休憩でもするかと思って、『旧校舎コドク倶楽部』を本棚に押し込もうとした時だった。

「あ」

背表紙を指で押す感覚が、僕の記憶の蓋《ふた》を開けた。

それは、長年ダンゴムシとして殻に籠《こ》もった人生を歩んできた僕が、珍しく自らの意思によって行動を起こした記憶。自費出版したこの本を、こっそり図書室の本棚に忍ばせた時の記憶。《物語》を生むきっかけとなる記憶だった。

ゴールデンウィーク明け。放課後。図書室。陰の本棚。一番端っこ。クリアリング。振り絞った勇気。淡い期待と一抹の不安。八割を占める諦観《ていかん》。

僕の脳内で仮説が生まれる。

高嶺さん。《物語》。メタフィクション。【裏設定】。悩み。完成。『気まぐれな神の打鍵《デウス・エクス・マキナ》』。

書き直し。駄作。傑作。淡い期待と一抹の不安。

これまで見逃してきた様々な要素が、いきなり仲良しこよしの体裁で手を繋《つな》ぎ始める。

「……もしかして、そういうことか？」

僕は思わず呟いた。口では疑問の体だがほとんど確信していた。上向きになる口角を抑えることができなかった。

「なるほど。高嶺さん」

僕は、届けるつもりでひとりごちる。

「君は君で、色々と大変だったんだな」


太陽が、今日もじりじりと暑かった。

書き直しが始まってからというもの、時間の流れもめちゃくちゃになっているので何日経過しても九月が終わらない。

夏服に袖《そで》を通してから、間に夏休みを挟んだとはいえかれこれ半年くらいは経過しているような気がする。いい加減この鬱陶《うっとう》しい季節を抜け出すためにも、《物語》を完成させなくちゃならんと思う。

僕は中庭のベンチで、プラタナスの陰に入ってそんなことを考えていた。

隣には、《親友役》の新谷《しんたに》がいた。

「やっほー。みんな覚えてるかな？　第四章で登場したはいいものの、これまでまったく出番がなかった新谷だよー」

彼は斜め上を見ながらそんなことを言う。どうやら読者に視線を向けているつもりらしいが、残念ながらこれは小説なので画角を気にしても無駄だと教えてやりたい。

「いきなりメタをかますなよ」

「だって、久しぶりの出番なんだもん。数少ない機会を無駄にはできないさ」

「しょうがないだろ。お前、主要人物じゃないし。ほとんどモブだし」

「一番損な役回りだよねぇ。こんなハチャメチャな世界にいるってのに、僕は《物語》の輪に入れてもらえないんだよ？　ヘタに役割もらっちゃってるからこれまで通りってワケにもいかないし」

「文句があるなら作者に言ってくれ。僕にキャスティングの権限はない」

「ああ、偉大なる作者サマお願いします！　第二巻以降は僕の出番も増やしてください！」

いやにオーバーな身振り手振りで新谷は笑う。

「あ、ＯＫだって。やったね公人！　次のエピソードではもうちょっと出番が増えるみたい！　六巻まで続けば表紙にも載せてくれるって！」

「断言できる。絶対にそれまでには打ち切られる。せいぜい全二巻だ」

「そこは嘘でもいいからロングセラーになると言っておくれよ」

「まだ第一巻の《物語》すら完成してないんだぞ。そんな無責任なこと言えるかい」

「えー、もう残りページもわずかでしょ？　まだ目処立ってないの？」

新谷はひーふーみーと指折り数える。

「《物語》完成の意義については触れたでしょ。登場人物の自由意志にも言及したし、今回で完成させなきゃっていう使命感も得た。そして【裏設定】も解明できた。完成させるための道筋は整ってきたと思うんだけどなぁ」

考える人みたいなポーズを取りながら、新谷は僕を横目で見てくる。すごい見てくる。

そんでもって口元はにやけている。腹が立つ。

「一体、何が足りないんだろうね？」

こいつ。

「……お前、わかってて聞いてるだろ」

「まあね。でも、僕の口からは言わないよ。ここは《主人公》の君が言うべきことだと思うんだ」

確かに、これまでこの問題を先延ばししてきたことについては認めよう。

しかし弁明しておきたい。

なぁなぁになってしまえと目を背けていたのでは決してなく、むしろ真剣に見つめて検討に検討を重ねていた結果、ここまで言及が遅れてしまったのだ。

だが、僕もそろそろ覚悟を固めるべきなのだろう。答えを出すべきなのだろう。

「新谷。そして、全知全能となった高嶺さん。あとついでにこれを読んでいる読者諸君。まとめて全員に、ここで宣言しておく」

新谷の口角がさらに急上昇しやがった。

「僕はこの《物語》を完成に導くため、高嶺さん、君の唇を奪いに行く」

言った。ついに言ってしまった。もう後には引けない。

「身分不相応なことは百も承知だ。作者に予め決められたことってのも気に喰《く》わない。読者に描写を見られるのも恥ずかしい。なにより高嶺さんに対して申し訳がない。でも、僕はこの《物語》を完成させなくちゃならないんだ」

深く息を吸う。言葉に重みを持たせるために、一言一言の発音に気を遣う。

「だから、僕は高嶺さんとキスをする。高嶺さん。君がこんなダンゴムシを相手にするのが嫌だったら、その時はむしろこの《物語》は書き直されるべきだ。遠慮なく全力で抵抗してくれていい」

　これで最後だ。

「僕は読者にも認めてもらえるような《主人公》の姿で、君に会いに行く。ご都合主義だなんて言わせない。だから、最終章でまた会おう」

　心臓を破裂寸前まで稼働させてすべてのセリフを言い終わると、隣で新谷がぱちぱちぱちと拍手した。

「良い決意表明だったよ。これで必要なものはすべて揃《そろ》ったね。さぁ、《物語》を完成させに行ってきな」

　新谷の言葉に後押しされて、僕はベンチから立ち上がる。


　飛び交う[redacted]に頭をぶつけないよう注意しながら、[redacted]みたいな廊下を歩き、現校舎と旧校舎を繋ぐ[redacted]で数秒立ち尽くし転送、門番の[redacted]に合言葉を伝えて昇降口を開けてもらい、常に段数が変化する階段を上って、ようやく僕は超文芸部の部室に辿《たど》り着《つ》く。

　相変わらず建付けの悪い木製のドアをぎぃと開けて部室に入ると、長テーブルの前で、高嶺さんがパイプ椅子に腰掛けてマクガフィンを読んでいた。

「こんにちは、手塚くん」

彼女は実に《メインヒロイン》らしい素敵な笑顔を僕に向ける。

《第八章》第三幕

見慣れた部室だ。僕は椅子を引いて、高嶺《たかみね》さんの正面に座る。

いきなり本題を切り出すのも無粋かと思って、僕はとりあえず、軽い雑談でもしてみようかという気になった。

「今日も暑いね。このところ、ずっと暑い。いつから日本は熱帯雨林気候になったんだ」

「そうね。でも、私、夏は好きよ。海が綺麗《きれい》に見えるから」

「そういや久しく海なんて行ってないな。見てよこの肌。日焼け止めなんて塗ってないのに驚きの白さだよ。今年の夏も家に籠《こ》もりきりのダンゴムシ生活だった」

「ふふ。手塚《てづか》くんらしいわね」

「作者もさぁ、《物語》を開始するタイミング悪いよね。せめて夏休み前から始まってたら、超文芸部のみんなで海とか行けたかもしれないのに」

「それは、確かにそうかもしれないわね。うん。次は、そうする」

「僕は今回で行きたいんだ。高嶺さんと、薔薇園《ばらぞの》先輩と、ミカコと、あと、ついでに秋《しゅう》円寺《えんじ》と」

「それは、無理よ」

「どうして？　この作品はメタフィクションなんだ。適当な理由さえでっち上げてしまえば、真冬でも海水浴はできると思うよ。ほら、地球がオセロみたいにひっくり返って北半球と南半球の季節が入れ替わるとか、そんな感じのノリで」

「違うの。そういうことじゃないの」

僕は一呼吸置いて核心を突く。

「今回も、この《物語》は書き直しを迎えてしまうから？」

高嶺さんは、静かにこくりと頷《うなず》いた。

「別に、無理に書き直そうとしなくてもいいんじゃない？　確かに、この作品は、傑作と呼ぶには大言壮語が過ぎる三流ライトノベルだ。でも、ここまで書いてきたんだから、最後まで走りきろうよ」

「だめ。だって、この《物語》には、まだ面白くなる余地が残っているもの。改善点も山程あるもの。書き直しをして、次こそはもっと良い《物語》にするの」

「完璧《かんぺき》を目指していたら、次から次に粗が見つかって、《物語》なんて永遠に完成しないよ。これは経験者として断言できる。《物語》を完成に導くのは、見当違いな思い上がりか、もしくは締切による妥協のどっちかだ。今回は前者に乗っかって、一度完成させてしまおうよ」

「私には、そんなこと、できない」

「君の【裏設定】が、そうさせてるんだね」

そろそろ、本題に入るべきだろうと思って、僕は懐に忍ばせておいた一冊の本を取り出す。

『旧校舎コドク倶楽部《くらぶ》』である。

「それって……」

「そう。僕が自費出版して、図書室に置いた小説だ。君はこれを読んで、僕を《主人公》に選んでくれたんだよね」

「……、うん」

「僕にはその理由がわからなかった。本当に面白くなかった。つい最近また読み返してみたんだけど、やっぱりこれは駄作も駄作だよ。こんなものが人の心を動かすワケがない。だから、君が僕を《主人公》に選んだ理由は、この作品の内容じゃない。この作品にまつわる、僕の一連の行動なんだろう？」

「……」

沈黙が、正解だと雄弁に語っていた。

僕は《物語》を完成させるため、彼女の【裏設定】を開示する。

僕を《主人公》に選んだ理由でもあり、この《物語》を書き直そうとする理由。

「高嶺さん。君に宿る【裏設定】は、いわば【完成恐怖症】だ」

こくりと彼女は頷いた。

「ほんとはね、私、完璧なんかじゃないの」

高嶺さんは語る。

「人より優れているところは、たくさんあると自負してるわ。勉強も運動も、昔から得意だった。でもね、できないこともずっと多いのよ。そうね。たとえば、私、ネクタイが結べないの。何度挑戦してもウィンザーノットができないの。だから、冬服の時は、予め結んであるネクタイをつけてたのよ。ふふ。かっこわるいでしょ」

僕は黙って聞いている。

「でも、得意なことばかり目立つようになって、周りから完璧だなんて言われるようになって、私、思い上がってたのかもね、いつの間にか、期待の目に応えるような振る舞いをするようになったの。なんでも完璧にこなせるのが高嶺千尋《ちひろ》のアイデンティティなんだって、そう思うようになっちゃったの。完璧じゃないと許されないって、勝手に思い込むようになっちゃったの」

僕は高嶺さんのパラメータを想像してみる。これまではすべての項目が最高得点だと思っていたのだが、その実、合間合間に深い溝が刻まれていたようだ。ただ、できることのほうが圧倒的に多いせいで、遠目からは完全なる真円にしか見

えなかったのだ。

「だからね、手塚くんの『旧校舎コドク倶楽部』を読んだ時ね、私、本当に勇気をもらったの。だって、その、内容が……」

「びっくりするくらいつまらなかった、からだよね」

「……うん。ごめんね」

「いや、大丈夫。自覚はあるからそこは気にしないでいい」

不思議なものだ。ここまで来るともはや羞恥心《しゅうちしん》なんて感じない。むしろもっとパンチを撃ってこいという気分になってくる。

「最初はなんであんな駄作が君の心を摑《つか》んだのかわからなかったけど、逆だったんだね。駄作だからこそ、あまりにも完璧から程遠いからこそ、君の心に響いたんだ」

「……」

「自他ともに認める駄作ではあるけれど、僕はいちおう、物語を一つ書き上げて、本の形にして、それを人の目に届くところに置いた。書き直すことを選択せず、これでいいんだとピリオドを打った。完成させたんだ」

高嶺さんは頷いた。

「そう。手塚くんの、その行動がね、とても眩《まぶ》しく見えたの。臆病《おくびょう》な私にはできないことだから」

「言っておくけど、そんなに胸を張れるようなことじゃないよ。だって当時の僕はこれを傑作だと信じて疑っていなかったんだ。こんな出来なのにね。我が子可愛さで自作を客観的に見られてなかっただけだよ」

「過程も真実も関係ないの。大事なのは、その行動で私の心がときめいたかどうかなの」

「ときめいたの？」

「うん」

「そっか」

それなら、駄作でも生み出した甲斐《かい》はあったなと僕は思う。バタフライエフェクト。人間万事塞翁《さいおう》が馬《うま》。

僕が自惚《うぬぼ》れて黒歴史に走らなければ、この《物語》は存在しなかったのだ。

「それじゃあさ、この《物語》も、そろそろ完成させてしまおうよ。君なら、やろうと思えばできるんだろ？　書き直しを止めることがさ」

「そうね。きっと、できるわ」

流石は作者に寵愛《ちょうあい》され、神に等しい力をもたらされた《メインヒロイン》だ。

……いや、もうこんな言い方はよそう。皮肉にしかならない。

記述は、もっと正しく行うべきだ。

高嶺さんは、結構なんでもできて、美人で、妄想が好きで、ちょっと責任感の強い、ただの少女だ。

作者のわがままによって、《メインヒロイン》という看板を背負わされた挙げ句、過剰なまでの力を与えられた女の子だ。

いい加減、僕はそれを認めよう。

凡人なのに凡人のまま《主人公》という役割を押し付けられた僕と、元々の性格を【裏設定】だと認識され《メインヒロイン》という役割を押し付けられた高嶺さん。

その本質は、実は、作者の被害者という点でまったく変わらないのだ。

それなのに僕らは対立してしまっている。この《物語》を完成させるのか、書き直すのかどうかで。

「高嶺さん。君は本心から、この《物語》の書き直しを望んでいるの？」

「望んでいるわ。だって、この《物語》は、まだ、もっと、面白くできるもの」

「それは君が考えることじゃないだろ。僕らは、プロの作家なんかじゃない。作者ですらない。ただの、登場人物に過ぎないんだ。君がその判断を下す必要はない」

「でも、だって、私は、《メインヒロイン》だもの。プロットで、そう決められているんだもの。世界を、変える力を持っているんだもの」

「それは作者が無理やり押し付けたものだ。そんなの知るかの精神で、熨斗《のし》付けて送り返してやればいい」

「でも……でも……」

高嶺さんの表情が、叱られた子供のように歪《ゆが》んでいく。

その涙をこらえる姿はまさしく天使のようで、気を抜くと彼女の所業をすべて受け入れそうになってしまう。

それでも、僕は、鋼の意志で説得を続ける。

《メインヒロイン》の高嶺さんの役割が、この第三幕においてクライマックスを引き起こす舞台装置なんだとしたら、《主人公》の僕の役割は、それを乗り越え、《物語》を完成させることなんだ。

「でもっ、私、私はっ！」

その時、僕は迂闊《うかつ》にも手応えを感じてしまった。このまま言葉だけで高嶺さんを説得できるかもしれないと思ってしまった。

その慢心が、《物語》においてどんな展開を引き起こすのか、知らぬワケでもあるまいに。

ばさり。

高嶺さんの背中に、白銀の翼が生えた。広げた機械仕掛けの義手。『気まぐれな神の打鍵《デウス・エクス・マキナ》』だ。くそったれ。こんな時に発動しやがって。

天使という形容が比喩《ひゆ》で収まらなくなった高嶺さんは、身を翻して、脱兎のごとく駆け出した。

「高嶺さんッ！」

彼女は部室のドアではなく窓に向かって走る。そして、さも当然のように壁抜けをして、そのまま外へと出た。

彼女は宙にふわりと浮いて、静かに駐車場に着地し、駆けていく。

「さすがはクライマックス。なんでもありだな」

なんて皮肉を垂れながら、僕はどうしたもんかと必死に考えを巡らせる。

絵面的に映えない問答だけでは終わるまいとは思っていたが、こんな逃避行までは想定していなかった。

このままでは、無意味に記述が引き伸ばされて、字数オーバーというタイムリミットを迎えてしまう。

素直にドアから外へ出て、彼女を追いかける？

うん。普通なら、そうだ。凡人の僕にできる精一杯は、それくらい。

「でも、それじゃ、駄目なんだろ」

僕は誰にともなく啖呵《たんか》を切る。高嶺さん、作者、そして読者。この《物語》を読んでいる全員に向けて。

わかってるさ。そんなありきたりな展開なんて、望まれてないってことくらい。

ここは、僕が《主人公》として、殻を破る時だってことくらい。

「ああ、もう！　どうにでもなれッ！」

覚悟を決めた。

僕は歯をきつく食いしばり、腕を十字にクロス、脚に力を込め、窓に向かって、駆ける。

がしゃん。

ガラス戸を破るのは初めての経験だった。当然だ。僕は幼少期の頃から引っ込み思案でヤンチャなこととは無縁の人生を歩んできたのだから。

チンケな体当たりだったが、それでも窓ガラスは粉砕され、僕は宙に身を投げる。

足が無意識にバタつく。全身に浮遊感、一足遅れて重力を感じる。

部室があるのは二階。即死に値する高さではないとはいえ、僕の貧弱な肉体では、着地の瞬間に両足を複雑骨折してもおかしくはない。

だから、まだだ。

一人称を、振り絞れ。

「う、おおおおおおおッ！」

僕は眼下に目を向ける。そこには、お誂《あつら》え向《む》きの植え込みがあって、緑のクッションでもって、落下してきた僕を受け止める。

いや、受け止めた。バキバキという、小枝が折れる音。それは、着地の衝撃を木立が代わりに受け止めてくれたという証明だ。

結果、僕は無傷で着地を果たす。

一線越えた衝撃で心臓バクバクのまま、全身チェック。切り傷ナシ。足の痛みナシ。頭と全身に葉っぱの類がついただけ。それも、走ればそのうち落ちる。

僕は、視線を移して高嶺さんを捜す。

いた。前方。彼女は身体を半分斜めにしてこちらを向いていたが、僕が再び足を踏み出すのを見た途端、身を翻して、校舎の向こうへ隠れるように走っていった。

逃さない。

「高嶺さんッ!」

僕は彼女に向かって走り出す。

乾いた地面を蹴《け》るたびに、視界に映る景色がぐんぐん変わる。

顔が、振るった腕が、踏み込む足が、整合性を無視して風を切る。

僕の足は、今やスプリンターも真っ青な速度を出せる。

いや、出す。違う、出した。出したんだ!

視界の奥に捉《とら》えていた高嶺さんの影が、みるみるうちに大きくなっていく。もはや表情も確認できる。

彼女は驚いていて、泣きそうで、助けなくてはと思った。

「止まってくれ！」

ついに声が届く距離まで迫った。

「来ないで！」

彼女も、僕に追いつかれまいと速度を上げる。

「嫌だね！　僕はもう決めたんだ！　必ず、今回でこの《物語》を完成させるって！」

「どうしてなの!?　手塚くんだって、十分な出来じゃないってわかってるでしょう！」

「知ってるさ！　記述してきたのは他ならぬ僕だからな！　でも、だからって、またイチから書き直すなんて御免だね！」

「その記憶も、消してあげるから！　手塚くんに、迷惑なんてかけないから！　だから、書き直させてよ！」

そこで、高嶺さんは陸路をやめた。

どういうことかというと、突然、ふわりと宙に浮き、そのまま見えない階段を上っていくかのように、空へ向かって駆け出したのだ。

肩で息をしながら、僕は天翔《あまかけ》る高嶺さんを見上げる。諦《あきら》めたように、眺めはしない。手を掴《つか》む存在として、じっと見据えるんだ。

流石に無理か、なんて思考は捨てろ！　自分はなんでもできると思い込め！

僕が、《主人公》として、一人称視点を託された理由は、きっと、そこにある。

一人称視点による記述は、真実でなくても構わない。

だから、好き勝手に書いたっていい。嘘だっていい。虚言でもいい。

読者に届きさえすれば、その記述は、彼らの頭の中で真実になりうるのだ。

いわば、わがままだ。身勝手だ。ご都合主義だ。

だが、そんなの、知ったことかよ。

《物語》もクライマックスなんだ。ここでメチャクチャやらなくて、どこでやるんだ。

整合性が取れていない、説得力がないなんて批判は、完成してからいくらでも受け止めてやる。

だから、今は、無茶をさせろ！

僕は、脳内で飛翔《ひしょう》に関する類語を、片っ端からかき集める。

自分が、空を飛べるだけの記述を生み出すため、シナプスをパッチワークで縫い繋《つな》ぐ。

僕の背中には、蠟《ろう》の翼が生える。指を鳴らすと、重力制御魔法が僕の全身を包む。スニーカーの踵《かかと》を三度叩《たた》くと、仕込まれていたロケットブースターが作動する。

オカルトでも、魔法の力でも、オーバーテクノロジーでも、なんでもいい。

「とにかく、僕を、高嶺さんのところまで運びやがれ！」

ヤケクソで記述した文章が、どうやら読者の元へと届いたらしい。

僕の身体は、記述の通りに変化した。

つまり、蠟の翼がはためき、重力制御魔法が紫色の力場を展開し、スニーカーからはブオンと火が噴いた。

我ながら、統一感のない非日常要素のキメラだ。

だが、今は、これでよかった。

僕は、身に宿ったカオスな力を駆使して、高嶺さんへと接近する。

「どうしてっ……どうして、そうまでして、私を、止めるの？」

高嶺さんはわかりきった質問を発した。

「そんなの、決まってる。僕が、このライトノベルの《主人公》だからだ」

僕は、高嶺さんに向かって手を伸ばす。

素人《しろうと》特有の、熱を持ったまま、勢いで記述した文章及び言動というものは、確実に後で羞恥心《しゅうちしん》の火花を散らすものだ。

らしくもないキメ顔でタイトル回収したはいいものの、高嶺さんが俯《うつむ》いて返事をしてくれないため、早速僕は顔が熱くなっていた。

「あの、高嶺さん。なにか返事をしてくれると、うん、嬉《うれ》しいんだけども」

僕の大見得に感激して真下を向いているなんてことはありえないので、まだ、彼女は、この《物語》を書き直ししなくてはならないという使命感に囚われているのだろう。

僕は火照った頭で考える。《物語》完成のために必要なプロットはあと一つ。キスシーン。そのタイミングとやらは一体いつなのか。もしかして、今なのか。

「まだ、なの」

しかし、僕は自分の発想がいかにお花畑であったかということを、彼女の顔を見て思い知られた。

高嶺さんは、困ったような顔をして笑っていた。涙も出ていた。

「完成させなきゃって、一歩踏み出さなきゃって、わかってるの。でも、まだ、なの」

「それは、どういう」

「まだ、足りないの。クライマックスなのに、私と手塚くんしか出番がないのは、おかしいの。ミカコも、薔薇園先輩も、秋円寺くんにも、出てきてほしいの。だから、私は、私は、」

僕は、そこで察した。作者の野郎。高嶺さんになんて重荷を背負わせてやがる。

もはや、これは呪いだ。

「プロットをすべて回収し、作品を完璧《かんぺき》な傑作に仕立て上げなくてはならない」という、無謀極まる無理難題。

その期待に応えようとしているから、彼女は、こうして、儚《はかな》い笑みを浮かべるんだ。

「だから、手塚くん。お願いがあるの」

「なんだい」

「私、今からめちゃくちゃやるけど、ついてきて」

「お安い御用だ」

なに。この思い返せば、この《物語》で僕は高嶺さんに振り回されっぱなしだった。今更増えたところでおんなじだ。

来るなら、来い。

「ありがとう。待ってるわ」

高嶺さんの背中の翼が、カタカタと指を走らせた。

しかし容赦はしないぞと思って、僕は彼女の手を摑もうとする。

が、寸前、手どころか高嶺さんの姿ごとヒュンと消えてしまった。

その瞬間にポケットから着信音が鳴る。僕は一瞥《いちべつ》もくれずにスマホを取り出す。このタイミングで通話をしてくる登場人物などミカコに決まっていた。

『えー、公人《きみと》お兄ちゃんに悪いお知らせが一つあるです』

「知ってる。大方、高嶺さんがここに来て新たなプロットを追加したんだろ」

『公人お兄ちゃんもだいぶメタ読みができるようになってきたですね。その通りです。なんと、千尋お姉ちゃんは時間軸を超えて移動しちゃったです』

瞬間移動かと思ったらそっちかよ。

『さすがに一回解説パートを挟みたいので、今から言う座標に来てもらってもいいです？詳しい説明はそこでするです』

「わかった。じゃあ何行か後にまた会おう」

『なんか、メタ視点を早速使いこなし始めてるですね』

ミカコのツッコミを聞き流しつつ、僕はスペースを空けてシーンを切り替える準備をする。


『公人お兄ちゃん。字数制限が近いですので、情景描写はコンパクトにお願いするです。立ち位置さえ定義できればそれで大丈夫ですよ』

ミカコに促されるまま、周囲を見渡し記述を行う。

僕ら超文芸部の面々が集ったのは、部室がある旧校舎のすぐそば、校門から続く煉瓦《れんが》道のその上だ。

ミカコは僕のスマホの画面に、薔薇園先輩と秋円寺は僕を挟み込むようにして立っている。

周囲にはもっと目を引くヘンテコ極まる建造物が所狭しと立ち並んでいるが、記述したところで無駄に情報量が増えるだけなので、わざわざ記すこともないだろう。

適当に情景描写を済ませたところでミカコに視線を送る。

『手短に言うです。今、この《物語》は大きな分岐点に立たされてるです。つまり、完成するか、しないか』

「最初っからそうだったんじゃないのか？」

『えーっとですね、今まではもっとひどかったんです。完成しない可能性のほうが遥《はる》かに高くて、完成する可能性のほうはもう、無いに等しいという有様。それが、プロットを拾いながら、拙くても本文の記述を続けてきたことで、なんとか、完成するしないの可能性が半々っていうところまで来たです。その証拠に、今までミカコが観測したことのない展開が挟み込まれたです』

「それが、我が主の時間軸移動ということか？」

『です。このトンデモ鬼ごっこは作者というよりは、千尋お姉ちゃんが土壇場で思いついた展開だと思うです。いわば《メインヒロイン》からの挑戦状。登場人物への試練であると同時に、読者を飽きさせまいとする工夫にも見えるですから』

「高嶺さんは、完成させまいとしつつ、完成させるためのルートも残している、と？」

『そういうことです。千尋お姉ちゃんはミカコたちにこの《物語》の結末を委ねてくれたですよ。無事に千尋お姉ちゃんの元へたどり着けたらキスシーン実行して完成で、そこへ至る道筋が思いつけなかったら書き直しというワケです』

「いいじゃありませんの。二つに一つなら話がわかりやすくて助かりますわ」

「それで、高嶺さんは一体どこへ逃げたんだ。時間軸を超えたって言ってたな。過去か？それとも未来か？」

『過去です』

ミカコはそこで言葉を溜《た》めた。どうやら重要なことを言いそうな気配がしたので、僕はスペース空けて、強調表現の場を整えてやる。

『もっと言うと、プロローグ、です』

その一言で、すべてを察した。

高嶺さんのやりたいことが明確にわかった。

文脈のタイムスリップ。

確かに、この《物語》のクライマックスを飾るにふさわしい、メタフィクション的なギミックだ。

　プロローグ。

　それは、これから描かれる《物語》が一体どんなものなのかを、端的に表現するオープニングエピソードだ。

《主人公》と主要人物の絡みを描くのもよし。本編開始前の事前情報を開示するもよし。意味ありげなポエムを載せるのもよしと、割と自由度は高い。

　しかし、人と人との交流関係では言わずもがなだが、《物語》においても第一印象というのはとても大事だ。

　プロローグでコケると、後々の展開まで悪影響を及ぼしかねないため、練りに練って慎重に描く必要がある。

　そんな大事なプロローグというものを、まさか、こんなクライマックスで描く羽目になるとは。

「僕の記憶が確かなら、この《物語》はいきなり僕と高嶺さんが出会うところから始まっていたはずだ」

『それはもはや過去の情報になったです。千尋お姉ちゃんが時間軸を移動し、冒頭へと渡ったですから。そのため、本来あるはずのないプロローグが差し込まれ、今、絶賛描写中だと思うです』

「クライマックスシーンでは暴れ尽くしたから、冒頭に戻って、前のほうからページ数を圧迫しようって算段なのか」

「プロローグで暴れ散らかすと作品全体のイメージを損ないますわ。完成のルートも残してある以上、そこまでハチャメチャなことは起こらないと信じたいところですわね」

『もう字数的余裕はそんなにないです。概要を摑《つか》んだのなら、早いところ公人お兄ちゃんをプロローグへ送りたいですけど……』

「どうやって文脈を超えるというのだ。我々のうち、誰か時間に携わる能力を持ったやつなどいたか？」

全員が沈黙する。

ミカコのメタ能力は『情報の解析』、秋円寺は『余計な情報の黒塗り』だ。可能性があるとすれば……、

「薔薇園まりあ。貴様の能力でなんとかできんのか。今すぐタイムマシン的なものを作り出せ」

「無茶言うなですの。わたくしがプロット・デバイスを作るには相応の準備が必要ですわ。冒頭からこの展開が予期されていれば仕込みもできたでしょうが、今すぐというのは不可

能ですわ」

情報を頭に仕入れながら、僕はメタ的な思考を巡らせる。

どんなロジックを組み立てれば、僕はプロローグへと渡れる？

高嶺さんの意図を考えてみる。彼女は僕だけじゃなく、超文芸部メンバーの活躍も望んでいた。

ならば、きっと、僕だけが屁理屈《へりくつ》こねて過去へ渡る描写をしようとしても駄目なんだろう。そこには高嶺さんを満足させる要素がないからだ。他のメタ登場人物たちの個性をフル活用してようやく、この展開を打破できるんだろう。

ミカコの活躍はさっきの解説で条件を満たしたと考えられる。あとは秋円寺と先輩だ。二人のメタ能力をどんなふうに使えば、僕はプロローグへとたどり着ける？　考えろ。考えろ。考えろ。

何かないかと思って、僕は《物語》を冒頭から思い出そうとする。材料を集めようと引き出しを開けまくる。記憶と連動しないかと思ってポケットまで漁る。

すると、指先に何かが触れる感触があった。

「あ」

右ポケットに普段入れているものが何だったか思い出したその瞬間に、僕はある一計を案じる。

「ふ、ふふ」

思わず笑ってしまうくらい、くだらなく、めちゃくちゃで、強引で、そして、僕らの《物語》にとって最高によく似合う、そんな一計を。

「どうした手塚公人。気味の悪い笑みなんぞ浮かべて」

「思いついたんだよ。プロローグまでたどり着く方法を」

僕はポケットの中で握りしめたものを、決して開かず秋円寺の前に差し出した。

「秋円寺。これをお前のメタ能力で黒塗りしてくれ。僕が認識できないように。あと、それがなんなのか言及はするなよ」

僕は顔を明後日《あさって》の方向に向けて言う。間違っても視界に入ってこないように。つい僕が言語化してしまったら、その瞬間に計画は台無しになるからだ。

「……これを、か？　まったく意図がわからんぞ。あと、候補が二つあるんだがどっちをやればいいんだ」

僕の手からそれを受け取った秋円寺が、困惑を隠さずに尋ねてくる。気持ちはすごいよくわかる。

「凹か凸かでいえば、凸じゃないほう」

「……どちらなのかはなんとなくわかったが、なぜそんな持って回った言い方をするのだ」

「これにも意味があるんだよ」

頭に大量の疑問符を浮かべながらも、秋円寺が『黒塗り処分《ベンタブラックアウト》』を発動させる。開いた手の中にあるそれを、影の剣で一撫《ひとな》で。処理が終わると、再び僕の手に戻った。

僕はもう笑みを抑えきれなかった。ただでさえ表情筋の衰えにより笑顔が不気味だと言われがちなのに、こんな危機的状況で笑っているものだから、登場人物全員が怪訝《けげん》な目つきで僕を見てくる。

質問される前に機先を制した。

「薔薇園先輩」

「え、あ……はいですわ」

そんなに怯《おび》えなくてもと思う。

「カケルくん騒動の日に、僕と部室で交わしたやりとり、覚えてますか？　第二章の冒頭あたりなんですけど」

「なんとなくですけれど……はい」

「その時、僕は先輩からお近づきのしるしにと、あるものを渡されました。正確には、お金出したんで渡されたというより買ったんですけど、それはいいです。先輩、その品物がなんだったのか、思い出すことはできますか？」

先輩は顎《あご》に手をやり、しばらく思い出そうと奮闘していたが、

「……思い、出せませんわ。その時にわたくしが作っていたものを押し売りしたのは覚え

ている のですけど」

やっぱりあれ押し売りだったんかい。

「先輩が思い出せないのは当然です。僕も覚えてません。その品物は、今しがた、秋円寺のメタ能力によって存在を黒塗りされてしまったんですから」

僕はそこで手を開く。中には僕の家の鍵《かぎ》と、そこに繋《つな》がれた[redacted]がある。黒塗りの影響下にあるので形も名前も思い出せない。

そして、思い出せないほうが都合がいい。

「この品物の正体は今や不明ですが、僕は提言します。先輩は、今のこの展開を見越して、密かに作成していた文脈遡行《そこう》のためのプロット・デバイスを僕に押し売りしたんじゃないですか？」

「……いえ、そんなことは」

全員が唖然《あぜん》としている。

「ないとは言い切れないですよね!?　いや、この展開を見越していなかったとしてもです。僕が死ぬのは知ってたワケですよね？　最悪の状況に備えてマクガフィン以外のプロテクトを用意していたってことは十分考えられます。そして人を蘇《よみがえ》らせるなら文脈遡行のプロット・デバイスは役割的にもぴったりだ！　それが不発になって、今のこの状況で再利用できるって可能性は、低いかもですがゼロではないはず！」

いいぞ。舌も脳も回ってきた。

秋円寺のメタ能力によって、僕の記憶からどんどん、あの品物の情報が塗りつぶされていく。一つしかなかった正体が姿を消して、可能性が、増えていく。

「チェーホフの銃ですよ。《物語》に登場したアイテムは、必ずどこかでその役目を果たします。果たすべきです。恋人の写真が収められたロケットペンダントは銃弾を防ぐべきなんです。メタ登場人物である薔薇園先輩が、その原則を忘れていたなんてことはないでしょう。だから先輩は《物語》で役に立つ道具を僕に渡したはずなんですよ！　伏線を仕込んで布石を打ってたはずなんですよ！」

これは僕の、僕による一人称視点だ。真実と異なろうが関係ない。僕がそう思い込めばいいのだ。

「それにですよ！　見てください。鍵だ。僕はそれを鍵につけていたんですよ。象徴的じゃありません？　まるで時間軸を隔てる扉を開けて、プロローグに文脈遡行することを示唆しているようじゃないですか。これだけメタファっておいて、今更、いやそれはただの思い込みですよなんて悲しいオチが――、」

「わかりました！　もう、わかりましたわ！」

薔薇園先輩が大声を出して僕を制した。気づけば息が上がっているし、地面には唾《つば》が大量に飛んでしまっていた。

「手塚さん、あなたの言いたいことはもう十分わかりましたわ。その、わかったんですけれど、本当に、その展開をやるんですの？」

「はい」

恥ずかしげもなく、僕はまっすぐそう言い放つ。

みんなが頭を抱え始めた。

「B級映画でももっとマシなシナリオですわよ」

「素人《しろうと》が思いつく展開なんて、こんなもんです」

『ミカコ知ってるです。それ、伏線回収じゃなくて後付け設定って言うですよ』

「百も承知だ」

「ここまで読んできた読者に申し訳がないと思わんのか貴様は」

「関係ないね」

僕の役目はあくまで《物語》を完成させることだから。クオリティなんて二の次だ。

「《物語》に完璧《かんぺき》を目指してもキリがない。どれだけガッタガタな道であろうと、今思いつける最善の方法で完成まで突っ走るしかないと、僕は思う」

これが、幾度となく《物語》を書き直してきた高嶺さんへ送る、僕なりのアンサーだった。

「ここはクライマックスです。《主人公》が土壇場で思いついたアイディアによって解決を見るシーンなんです。フォーマットは守れているはずなんです。だから、」

針の先ほどの穴になんとか意見をねじ込もうとしている僕を見て、薔薇園先輩はついに根負けしたのか、深い溜息《ためいき》をついた。

「わかりましたわ。ええ、ええ。確かに手塚さんの言うとおりですわね。このわたくしが、ただのハンドメイドアクセサリーを手塚さんに売りつけるとは思えませんわ！　わたくしなら、土壇場で《主人公》の窮地を救うアイテムの一つや二つ、仕込んでいて然るべきですわ！　覚えてませんけどね！」

ヤケクソじみた過剰な高笑いと共に、薔薇園先輩が叫ぶ。ピクピクと頬が痙攣《けいれん》しているし顔も真っ赤だ。後でちゃんと謝ろうと思った。

「……こんなんでいいんですの？」

「ありがとうございます。間違いなく大丈夫です」

僕は自分の妄想を信じる。妄想に付き合ってくれた薔薇園先輩の言葉を信じる。

僕が先輩からもらったのは、文脈遡行しプロローグまで繋がる、先輩お手製のプロット・デバイスだ。そうに決まってる。

僕は[redacted]を握る。もはやこれがなんだったのかは関係ない。

「それじゃあ、行ってきます」

僕は家の鍵を[redacted]に差し込んだ。小気味よい手応えを感じる。回す。ガチャリと音が鳴った。

僕の目の前に、星を象ったゲートらしきものが現れる。

その中心はぐわんぐわんと渦巻いていて、突っ込んだらいかにも異界へと繋がっていそうな雰囲気だ。

「それにしても、初めて見るはずなのに、妙に既視感があるな」

なんて呟《つぶや》きながら、僕はゲートへと身を投じた。

読者諸君。

大変お手数ではあるものの、きっと、僕はプロローグへと渡るはずだから、一度ページを遡《さかのぼ》って、そこまで戻ってほしい。

そこで、高嶺さんと共に待っていてくれ。僕も必ず、そこへ行く。

☆　　　　　　★

プロローグを抜けると、超文芸部の部室にいた。

出発地点と風景が変わっているのは都合の良い場面転換などではなく、高嶺さんが『気まぐれな神の打鍵《デウス・エクス・マキナ》』によってここを最後のシチュエーションに選んだためだと思われる。

その証拠に、目の前には高嶺さんがお行儀よく座っていた。他には誰もいない。ミカコのモノリスさえも電源を落としてただの墓石と化していた。

これから起きるシーンのことを考えると、ギャラリーがいないというのは非常に助かる。読者にはガッツリ見られているワケだけれども。

僕は高嶺さんに尋ねる。

「満足した？」

「いいえ」

しかし、その表情は朗らかだった。

「だって、まだ最後のプロットが回収されていないんだもの」

珍しく意地悪な笑みを浮かべて彼女は言う。僕も笑うが苦笑いだというのは正直に明かそう。

「嫌だったら、やめてもいいんだよ。今の君なら、なんか、このシーンなくても完成させられそうだし」

こういう時、事前に相手の同意を得ようとするのは非常にみっともない行為だと重々承知のうえなのだが、それでも僕は高嶺さんの意向を確認せずにはいられなかった。純白のシルクの上に油性の黒絵の具をぶちまけるようなものだからだ。

「あら、ひどいわ手塚くん。クライマックス直前での決意表明は嘘だったの？」

「嘘じゃない。断じて嘘じゃないんだけど、」

「ここで日和られてしまったら、私、ショックのあまり書き直しを発動してしまうわ。きっとそう。間違いないわ。そして次周以降もやんわり根に持つわ。もしかしたら次の私は暴力系ツンデレヒロインになってるかもしれないわね」

「それは、時代にそぐわないから……なんとしてでも避けたいな」

「それじゃあ、今、なんとかしないとね」

「じゃあ、いいんだね」

高嶺さんは何も言わない。静かに笑みを浮かべて、僕のほうを見るだけだ。

ええい、わかったよ。ここに来て相手から同意を得ようとする軟弱者は《主人公》にふさわしくないということだな。

僕は椅子を立ち、高嶺さんの元へと歩み寄る。ポケットに手なんか入れちゃってるのは自己防衛本能のなんかアレだ。アレだよ。

高鳴る己の心臓の鼓動をなるべく無視しようと努めつつ、高嶺さんと対峙《たいじ》する。

彼女は少し顔を上げ、上目遣いに僕を見る。何がとは具体的に言わないけれど、反則だよ、それ。

高嶺さんが、目を閉じる。これから僕がやろうとしている身分不相応な行動を、しっかりと受け止めようとしている。

さて。

読者諸君はもしかするとお忘れかもしれないが、このキスシーンは、ミカコ曰《いわ》く、過去の場面で何度も行ってきたものらしい。

それでも書き直しが誘発したということは、つまり、このままキスシーンを演じたとしても、結局、ラスト一個のプロットは回収されずにまた《物語》がまっさらの憂き目に遭うということなのだが。

安心してくれ。

僕は、既に、いや、ミカコにキスシーンの有無を聞いた時から、この事態への対処法を見つけていた。

というか、それ以外に考えられなかった。

僕は恐らく、過去の場面で、一度もキスなんてしていなかったのだ。

ミカコは「何度も見てきた」と言っていたが、それはきっと、僕の一人称の記述だろう。

一人称による記述は、別に真実でなくても構わない。

嘘を記述したとしても、読者はそれを真実だと受け止めるほかない。

どういうことなのかというと、我ながら情けない話ではあるのだが、どの世界線の僕も、結局のところ、最後の最後で勇気が出せなかったダンゴムシだったという話だ。

つまり、書き直しを止めるには、僕が、ダンゴムシのように固まった殻を破らなくてはならないのだが。

もう、その覚悟はできている。

そして、作者が思いついてニヤけてそうなギミックだって、やってやるさ。


三人称視点よ。


見ているんだろう？

お前は言ったな。この《物語》が僕の一人称に切り替わったあとも、記述こそされないが、陰で僕を見守っていると。

今、その姿を、再び読者の目に晒《さら》す時だ。

もはや、僕の一人称は読者の信頼を失った。虚言や誇張表現、見てみぬふりは散々してきた。信頼できない語り手というヤツになってしまったんだ。

だから、この場面は、僕の一人称じゃあ、駄目なんだ。

「その記述は客観的な真実でなくてはならない」という、小説執筆上の第一原則を司る、お前に書いてもらわなきゃ、駄目なんだ。

だから僕はここで、再び視点をお前に託す。

視点と視点のバトンリレー。

それが、最後に残されたプロットだ。


公人は胸の内でそう宣言し、高嶺と唇を重ねた。

そうだ。

それが、正解だよ。

手塚公人。

やはり、君が《主人公》でよかった。


三人称視点はすべてを見ている。

公人が高嶺と唇を重ねていたのは、ほんの数秒間だった。

舌でも入れてくれたら見ものだったのだが、脱皮したてのダンゴムシではそこまでの勇気は出なかったようだ。

唇と唇を触れ合わせるだけの、儀式的なキス。及第点といったところか。

公人はそろりと唇を離し、目を開けた。

高嶺千尋が赤面していた。

目が合って、示し合わせたように、互いに視線を逸らした。

「ごめんなさい」

「何が？　謝るのはむしろ、僕のほうだ。……初めてだったら、ほんとごめん」

「……初めてよ。でも、それは、いいの。嬉《うれ》しかった。私が謝りたいのは、私の愚かな行動のこと。手塚くんを死に至らしめただけじゃなくて、それを書き直ししようとしたこと」

そういえば、そんなこともあったなと、公人は他人事《ひとごと》のように思い出す。

「あれは……事故みたいなもんでしょ。君は僕との関係をやり直したいって思っただけなんだろ？　それならそもそも不和を招いた僕にも責任はある」

「それでも、私が手塚くんを死なせたことに変わりはないわ。私ね、本当は、わかっていたの。この《物語》は、どれだけ他の人からは稚拙に見えても、それでも、今この時が最高に輝いてるんだって。知ってたの。でも、怖かったの」

「怖かった？」

「マクガフィンを読んだ時、私は、十分面白いと思ったの。でも、私が足を引っ張っちゃってるって思ったの。《主人公》の死を望む《メインヒロイン》なんて、それだけで、作品全体の評価を落としてしまうと思ったの。私のせいで、みんなが紡いできたこの作品が、否定されてしまったらって思ったら、怖くなったの。だから、だから私は、この《物語》を最初から、」

満を持して、公人は高嶺にある言葉を送る。

「高嶺さん。あのバニースーツ、めっちゃ似合ってたよ。とても可愛らしかった」

突然の賛辞に高嶺は目を丸くする。褒める時に限って貧弱になる公人の語彙《ごい》力にではない。無論ね。

「でも、一つだけ指摘をさせてくれ。僕は、バニースーツにはニーハイじゃなくて、網タイツのほうが似合うと思う」

公人が顔を真っ赤にしてそんなことを言い出したので、高嶺の口元は、たまらず綻《ほころ》んだ。

「ありがとう。次は、絶対、そうする」

「じゃあ、それでチャラってことにしてしまおうよ。僕も読者も、きっとそんなに気にしてないし、君がパーフェクトバニースーツをお披露目すれば、そんな懸念なんて軽く吹き飛ぶさ」

「うん」

「それに、何度も言うけれど、僕らは作者なんかじゃない。ただの登場人物だ。作品の面白さや評判なんて、全部、作者のせいにしてしまえばいい。僕らは、全力を出し切ったよ。この《物語》が面白いかどうかなんて判断は、これを読んでくれてる読者に委ねよう」

「うん」

「それに、我ながら結構面白くできたとは思う！　自意識過剰？　うるせぇ！　僕が書いた文章がこの世で一番面白いんだよ！」

「それは、言いすぎ」

そうして、二人は笑いあった。

三人称視点はすべてを知っている。

公人が、さてこの後どうしたもんかと、こちらも赤面しながら途方に暮れているのも知っている。

高嶺が、今度は自分からキスしてもよいものか思案しているのも知っている。

だが、甘酸っぱい光景は、このくらいにしておこうじゃないか。

フィナーレといこう。


「手塚公人ォ！」

と、ドアをバァンと開ける音と、聞き馴染《なじ》みのある怒号が部室に響き渡って、公人と高嶺はほとんど同時に「うわぁ！」「ひゃい！」と悲鳴を上げた。

「貴様いつまで我が主と密室空間にいるつもりだ！　よもや勢い任せてキス以上のことに踏み切ろうとしていたワケではあるまいな！」

「しゅ、秋円寺お前っ！　覗《のぞ》いてたんじゃないだろうな！」

「そんな不躾《ぶしつけ》な真似するワケがあるか！　いい感じの雰囲気が一段落したというのに、一向に出てくる気配がないから強行突破したまでだ！」

「お前っ！　もうちょっと、ムードってもんをなぁ！」

やかましい騎士の隣には、呆《あき》れつつも伸びをする魔女の姿がある。

「色々ありましたけれど、ま、一件落着ってとこですわね」

彼女はひと仕事終えた感じを出しつつも、早速気持ちを切り替えて、机の上に裁縫道具を広げ、己の職務に取り掛かる。

ヴオンと電子音が鳴って、モノリスに光が灯れば、そこに映るのは人類救済を目論む電子生命体だ。

『千尋お姉ちゃん。ちょっと耳を貸すです』

「ど、どうしたのかしらミカコ？」

『実はさっきのキスシーン、高解像度で録画してあるですけど……いるですか？』

「……スマホへの転送と、USBメモリへの焼き増しと、クラウドフォルダへの保存をそれぞれ頼めるかしら？」

『お安い御用です！』

部室に満ちていたドギマギ青春ラブストーリーの残滓《ざんし》は、登場してきた個性豊かな面々が発する独特な雰囲気によって洗い流され、代わりに、ドタバタコメディのハッピーエンドの空気が漂った。

「あー、もう！　とりあえずお前ら！　ここから出てけっ！」

エピローグ

《物語》が完結間際のエピローグを迎えると、セカンド・ターニングポイント以降、世界を侵食しつつあったメルヘンなバケモノたちや、奇怪な建物、及び怪しげな組織などは、綺麗《きれい》さっぱりいなくなった。

しかし、高嶺《たかみね》の世界改変能力はなおも健在らしく、時折街に非日常的存在は現れ、登場人物たちがそれを撃退したりしている。

どうやら、この作品が初刊で打ち切られようとも、作者は本作で筆を折るつもりはないらしい。

だが、その事実を認識してもなお、公人《きみと》はどこかほっとした気持ちになっていた。

彼はもう既に、この賑《にぎ》やかな非日常というものに愛着が湧き始めていたのだ。

第三幕において書き直しを回避すると、今まで停止を余儀なくされていた車輪が再び動き出すように、季節は巡った。

今や太陽がほどよい気温を提供する秋初め。夏服は先週の時点でお役御免となっていた。すっかり過ごしやすくなった気候の下、公人は今日も今日とて高校生の本分を果たすため、リュック背負って登校していた。

校門前で、高嶺千尋《ちひろ》と会った。

「おはよう、手塚《てづか》くん」

「おはよ」

高嶺の胸元には、制服で指定されたネクタイがある。左右非対称で、お世辞にも整っているとはいえない形状ではあるものの、かろうじて、結び目にウィンザーノットの名残があった。

「ネクタイ、自分で結ぶようになったんだ」

「ふふふ。よく気づいてくれたわね。そうよ。私も、完璧《かんぺき》を目指すのではなく、最善を尽くすことにしたの」

「いいと思うよ。《物語》を通して成長したってことが伝わりやすくて」

「鏡の前で小一時間ほど格闘したわ」

「次は短剣が下からはみ出さないようにできるといいね」

高嶺のネクタイは既に皺《しわ》が寄ってしまってはいるものの、公人には名誉の負傷に見えた。

「このままトライアンドエラーを繰り返して少しずつ成長してみせるわ。いずれ、手塚くんのネクタイも結んであげる」

「期待してるよ」

そう言い交わし、二人は校舎の中へと入っていく。


授業と授業の中休み。

秋円寺《しゅうえんじ》が公人の教室までやってきた。

「貴様にはこれを渡しておく」

手渡されたのは、彼の自筆入りの証書のようなものだった。

「なんだこれ？」

「免罪符だ」

「すごいな。実物を見たの初めてだよ」

「貴様は口に出すのも憚《はばか》られる蛮行を我が主に対して行った。だが、あれは作劇上やむを得ないものであったというのは私も認めるところだ。そのため、あの過ちに関してのみはこの免罪符で手を打ってやる」

公人は礼を言うべきなのかすごく迷った。

「言っておくがな！　私が許すのは後にも先にもあの一度きりだ！　次同じようなことをしてみろ！　その時は全身全霊をもって、貴様を一欠片《ひとかけら》たりとも残さずこの世から葬ってやるからな！」

傍目には虚仮威《こけおど》しにしか見えないだろうが、困ったことに、高嶺が絡んだ時の秋円寺は心底マジなのである。

「わかった、と言いたいところだが無理だな。《物語》ってやつは僕の意思をあまり尊重してくれないんだ。その展開が嫌なら作者にハガキでも出してくれ」

「ほう、あくまで聞き入れるつもりはないと。いい度胸だ。ならば、私は貴様と我が主の良さげな雰囲気を必ず台無しにしてやろう。金輪際、貴様にラブコメ展開など訪れんと思え」

「……お前、読者人気とか欲しくないのかよ」

「そんなもの、私には不要である。私には、我が主さえいればよい」

秋円寺は不敵な笑みを浮かべて言い放った。

「そうかい」

公人も笑った。

昼休み。購買で買ったパンを片手に部室に立ち寄ると、薔薇園《ばらぞの》まりあが一心不乱に針を動かしていた。

「薔薇園先輩。お忙しいところ申し訳ないんですけど、いいですか？」

「なんですの」

「あの、例のタペストリーなんですけど、完成いつになりそうですか？　あれから結構経ったと思うんですけど」

「ああ。あれならまだ完成しておりませんわ。良い端切れがなかなか見つかりませんの」

薔薇園は事もなげに言い放つ。

「……先輩。僕は悲しいですよ。せっかく《物語》を通して完璧よりも最善を尽くせと主張したのに、まったく伝わってないじゃないですか」

「伝わってはいますわ。でもそれを取り入れるかどうかは別の話ですの。あいにく、わたくしは己の領分に関しては最善よりも完璧を目指しますわ」

「そんなんありですか」

「主義主張なんて十人十色ですわ。好きなとこを取り入れて自分好みにカスタムすりゃあいいんですの」

そう言いながら、薔薇園は糸を引っ張ってきつく留める。完成した品物を公人に放り投げた。公人は空中でキャッチを試みるが落としたので普通に拾った。

「代わりと言ってはなんですが、そちら、お渡ししますわ」

「……革のストラップ、ですか？」

「あの後《物語》を読み返したら、第二章で渡してたものの正体はそれでしたわ。クライマックスで消費してしまわれたので、再度お渡しいたします」

「ありがとう、ございます」

「千五百円になりますわ」

「ちゃっかり値上げしてません？」

「細けぇこと言うなですの。プラス五百円はオプション代ですわ。いざという時に役立つ魔術刺繍《ししゅう》を、今回はちゃんと編み込んだんですの」

「へぇ。一体どんな便利機能が」

「それは土壇場でのお楽しみですわ」

「景品表示法的に大丈夫なんですか、それ」

「ここで正体を明かしてしまわないほうが、好き勝手に後付けできるじゃありませんの」

薔薇園は含みを持たせて笑った。

「たしかに、それもそうですね」

公人は早速、そのストラップを家の鍵《かぎ》に取り付ける。

放課後、公人が一番乗りに超文芸部の部室にたどり着くと、待ち構えていたかのようにモノリスが点灯した。

『公人お兄ちゃん！　めでたく第一巻の《物語》が完成したワケですが、第二巻はどんな内容になると思うですか⁉』

「やけにテンションが高いな。そして気が早すぎるだろ」

『だってだって！　ここから先はミカコのデータにない未体験ゾーンになるですよ！　演算回路もギュンギュン回るというものです！』

ミカコはモノリスに予想を詰め込んだフキダシを大量に表示する。

『やっぱり季節的に学園祭とかやるですかねー？　もしくは修学旅行？　まさかの異世界冒険編？　ああ、でも、野球回がある作品は名作になる可能性が高いですから、その展開も捨てきれないです！』

「どうなんだろうな。メタフィクションっていう特異なジャンルでどうやって続編を作るつもりなのか、僕にもまったく想像がつかん」

『可能性は無限大ということですね！』

「ノープランをポジティブに捉《とら》えたらそうなるな」

そこでミカコは目線を公人の奥に向ける。

『というワケで、読者のみなさま！　今回の《物語》が面白いと思ったら、ぜひぜひレビューや感想なんかをくれると嬉《うれ》しいです！　感想の数は売上に直結するですからね！　頼んだですよ！』

ミカコは最後に読者諸君へウインクを送った。

巨人が足踏みをしただけで崩れてしまいそうなオンボロ旧校舎、その二階の最奥に、超文芸部の部室はある。

時は放課後。外見及び中身の個性強めなメンバーたちが勢揃いし、パイプ椅子を軋《きし》ませながら机を囲む。

中央にて座するは《物語》の手綱を握るポンコツクールビューティ。そこから視点をずらせば、人類救済を目論む電子生命体、エセお嬢様然とした工房の魔女、一人の少女に入れ込む黒騎士、そして、脱皮したばかりのダンゴムシ系高校生と続く。

超文芸部とは、一体いかなる部活動か。

一言で言えば、それは、《物語》の実現を目指す部活である。

登場人物も、舞台も、設定も、すべて身近なものを採用する。そのうえで面白い《物語》の構想を立てる。

あとは実現化に向けて一生懸命がんばる。

それが、高嶺が語るところの超文芸部であり、この『僕はライトノベルの主人公』というメタフィクション・コメディの基本構造であった。

《メインヒロイン》の役割を持つ高嶺千尋が、満を持して皆に尋ねる。

「それじゃあ、今のうちに次巻のアイディア出しをしておきましょう。みんな、なにか面白そうな《物語》の構想はあるかしら？」

続きは、ここから描かれる。

あとがき

あとがきにもメタフィクション要素をご期待されていた方がおられましたら申し訳ありませんが、特にギミックが思いつかなかったので、普通のことを書きます。

私にはあまり作者としての自覚がありません。

ゴーストライターを立てたという意味ではないです。断じて。

毎日昼夜を問わずパソコンの前に座り、約十二万字に及ぶこの作品を執筆したのは間違いなく自分ではありますが、「ではこの物語を紡いだのは貴方《あなた》なのですね？」と問われると、それはどうだろうかと首を傾げずにはいられません。

確かに登場人物を考えたのは私です。プロットを立てたのも私です。編集部から第二十九回スニーカー大賞特別賞受賞の電話を取ったのも私ですし、締切に追われてえんやこらと頭を抱えていたのも私です。

もし、畏《おそ》れ多《おお》くも拙作にサインを求められたとしたら、そこに記す名はやはり、この私のものということになるのでしょう。

しかし、どこかで「自分はあくまで代理人である」という気持ちが拭《ぬぐ》いきれないのもまた事実。

というのも、これは作品内で明示していることですが、この物語は作者たる私が一から十まで考え抜いて作ったものではなく、生み出した登場人物たちがそれぞれ自由に動いてくれたことで完成したものだからです。

私は彼らの物語を作ったのではなく、眺めていたのです。

脳内に浮かぶ言語非言語入り混じったぼんやりしたイメージみたいなものを、なんとか目を凝らして観察した後、灰色のシナプスをフル稼働させてやっとこさ翻訳したものがこの物語というワケです。

途中で伏線らしきものや、今まで影も形も見せていなかった新要素がタケノコのようにニョッキリ生えてきた時は果たして無事に回収されるのだろうかと危惧《きぐ》していましたが、夢中になって指を動かしているうちになんとか風呂敷《ふろしき》には収まってくれたので安心しました。

ギッチギチではありますけどね。

さて、訳者の頭がいかんせんポンコツなもので、ところどころつっかかる部分はあるやもしれませんが、メタフィクション・コメディという珍しいジャンルの物語を少しでも楽しんで読んでいただけたならば幸いです。

最後に謝辞を。

まずは編集担当のK氏へ。

受賞時には今よりもっと偏屈で難解だった本作を、読者のアンテナの向く方へ軌道修正していただき、本当にありがとうございました。氏の助言がなければ、私は調子に乗って自分の偏屈ぶりに磨きをかけ、読者のニーズなき不毛の大地へ猪突猛進していたことでしょう。恩を仇《あだ》で返すことのないよう、今後はメールの返信をせめて一両日中にはお送りできるよう頑張ります。ちゃんとします。

次にイラストレーターのはな森《もり》先生へ。

まっことすばらしきデザインとイラストの数々、本当にありがとうございました。なにぶん右脳が冴《さ》えないゆえに登場人物たちのビジュアルなどは自分でもあやふやでしたが、先生のイラストを見た瞬間に自分の中にあったモヤが晴れ、くっきりと公人たちの姿を認識することができました。

より一層彼らを知ることができたのは先生のおかげです。重ね重ねありがとうございました。

そのほか、この本を手に取っていただいた読者のみなさま、ひっきりなしに出てくる誤字脱字をきちんとご指摘いただいた校正さま、本作の出版にゴーサインを出していただいたスニーカー文庫編集部さま、デザイナーさま、印刷所のみなさま、書店員のみなさま、ゴトゴト頑張ってくれた輪転機くん、頁の素材になってくれた木材チップくん、忘れちゃいないよカーボンブラックインクくん……エトセトラエトセトラ。

感謝の念を伝えたい方々は無数におわしますけれども、漏らさず記載しようとすると原稿料泥棒と誤解されかねませんので、このあたりで失礼いたします。

それではみなさま、こ?縁がございましたら次巻でお会いいたしましょう。

僕《ぼく》はライトノベルの主人公《しゅじんこう》

著　寺場《てらば》 糸《いと》

角川スニーカー文庫　24435

2024年12月１日　初版発行

発行者　山下直久

発　行　株式会社KADOKAWA
〒102-8177 東京都千代田区富士見2-13-3
電話　0570-002-301（ナビダイヤル）

印刷所　株式会社暁印刷
製本所　本間製本株式会社

◇◇◇

●お問い合わせ
https://www.kadokawa.co.jp/（「お問い合わせ」へお進みください）
※内容によっては、お答えできない場合があります。
※サポートは日本国内のみとさせていただきます。
※Japanese text only

Printed in Japan　ISBN 978-4-04-115628-5　C0193

★ご意見、ご感想をお送りください★

〒102-8177 東京都千代田区富士見 2-13-3
株式会社KADOKAWA　角川スニーカー文庫編集部気付
「寺場 糸」先生
「はな森」先生

角川文庫発刊に際して

角川源義

第二次世界大戦の敗北は、軍事力の敗北であった以上に、私たちの若い文化力の敗退であった。私たちの文化が戦争に対して如何に無力であり、単なるあだ花に過ぎなかったかを、私たちは身を以て体験し痛感した。西洋近代文化の摂取にとって、明治以後八十年の歳月は決して短かすぎたとは言えない。にもかかわらず、近代文化の伝統を確立し、自由な批判と柔軟な良識に富む文化層として自らを形成することに私たちは失敗して来た。そしてこれは、各層への文化の普及滲透を任務とする出版人の責任でもあった。

一九四五年以来、私たちは再び振出しに戻り、第一歩から踏み出すことを余儀なくされた。これは大きな不幸ではあるが、反面、これまでの混沌・未熟・歪曲の中にあった我が国の文化に秩序と確たる基礎を齎らすためには絶好の機会でもある。角川書店は、このような祖国の文化的危機にあたり、微力をも顧みず再建の礎石たるべき抱負と決意とをもって出発したが、ここに創立以来の念願を果すべく角川文庫を発刊する。これまで刊行されたあらゆる全集叢書文庫類の長所と短所とを検討し、古今東西の不朽の典籍を、良心的編集のもとに、廉価に、そして書架にふさわしい美本として、多くのひとびとに提供しようとする。しかし私たちは徒らに百科全書的な知識のジレッタントを作ることを目的とせず、あくまで祖国の文化に秩序と再建への道を示し、この文庫を角川書店の栄ある事業として、今後永久に継続発展せしめ、学芸と教養との殿堂として大成せんことを期したい。多くの読書子の愛情ある忠言と支持とによって、この希望と抱負とを完遂せしめられんことを願う。

一九四九年五月三日

すめらぎひよこ
ep.1
魔王城、燃やしてみた
我が焔炎にひれ伏せ世界
illustration
Mika Pikazo
background painting
mocha
12年ぶり「大賞」受賞作!
最強爆焔娘の異世界コメディ!
(あわよくば何か燃やしたい……)という欲求を抱いていたホムラは異世界へと招かれる——。燃やすことこそ大正義! 焼却処分はエクスタシー!! 圧倒的火力で世界を制圧していく残念美少女ホムラの行く末は!?
第27回スニーカー大賞
大賞
スニーカー文庫
The Devil's Castle, Burning
By my flame the world bows down
スニーカー文庫

時々ボソッと
ロシア語でデレる隣のアーリャさん
Милашка❤
燦々SUN
イラストももこ
story by sun sun sun
illustration by momoco
ただし、彼女は俺が
ロシア語わかる
ことを知らない。
特設サイトはこちら!
スニーカー文庫

エロゲのヒロインを寝取る男に転生したが、
俺は絶対に寝取らない
みょん
illust. 千種みのり
NTR？BSS？ いいえ、これは「純愛」の物語——
奪われる前からずっと私は
「あなたのモノ」
ですから♪
気が付けばNTRゲーの「寝取る」側の男に転生していた。幸いゲーム開始の時点までまだ少しある。俺が動かなければあのNTR展開は防げるはず……なのにヒロインの絢奈は二人きりになった途端に身体を寄せてきて……「私はもう斗和くんのモノです♪」

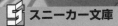

隣の席のヤンキー清水さんが髪を黒く染めてきた
底花 イラスト ハム
Story by Teika Art by Hamu
お前のために
髪を黒く染めたんだから……、
気づけよな。
1巻
発売
即重版!!
「髪染めたんだね」「ああ」「どうして髪染めたの?」「なんでって、昨日お前が……」僕の隣の席に座る金髪から黒髪に染めたヤンキーJK・清水さん。その後も一緒に料理したり、お弁当をくれたりするのだけど……。
スニーカー文庫

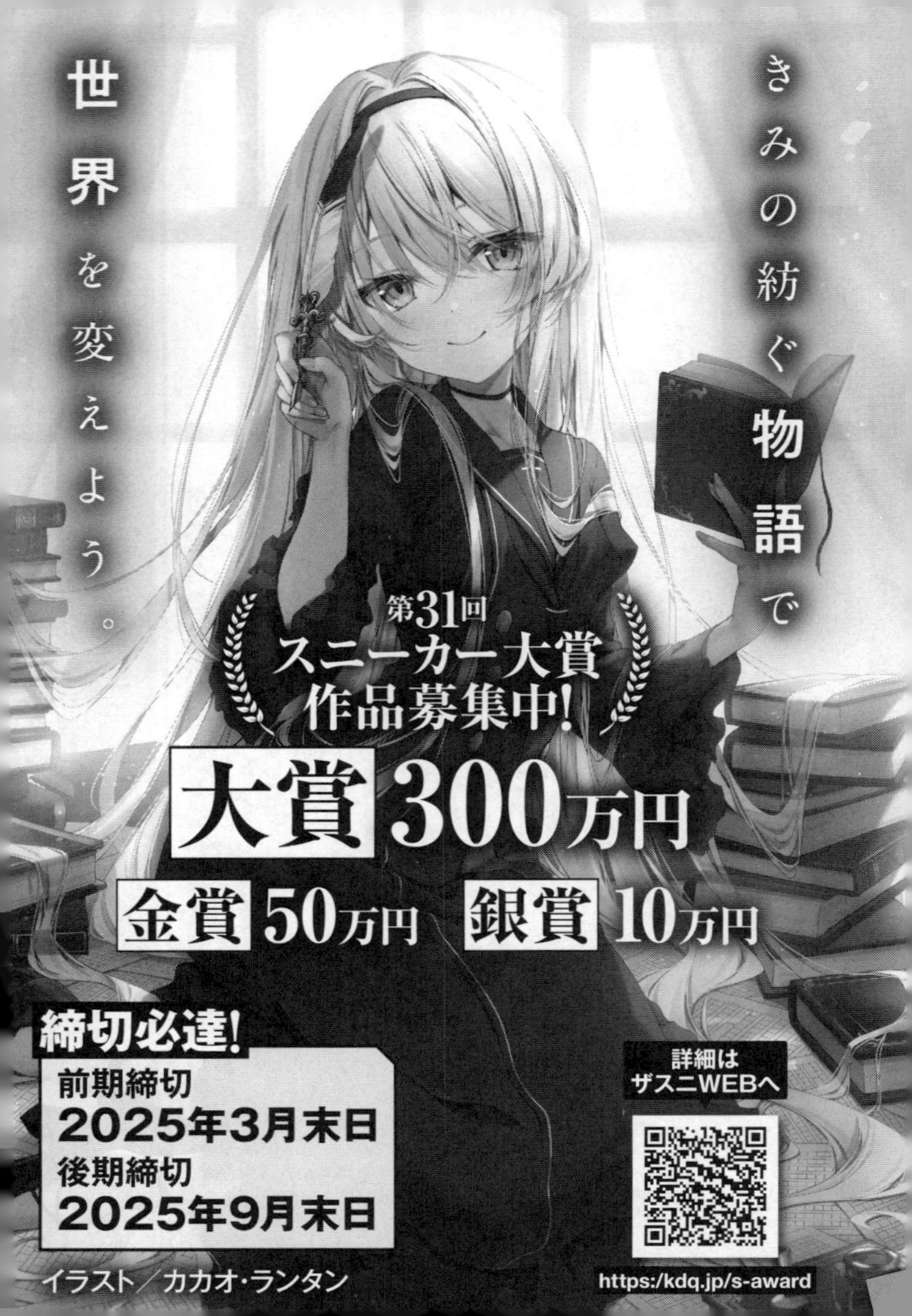
きみの紡ぐ物語で
世界を変えよう。
第31回
スニーカー大賞
作品募集中!
大賞 300万円
金賞 50万円
銀賞 10万円
締切必達!
前期締切
2025年3月末日
後期締切
2025年9月末日
詳細は
ザスニWEBへ
https://kdq.jp/s-award
イラスト／カカオ・ランタン

Kadokawa Sneaker Bunko

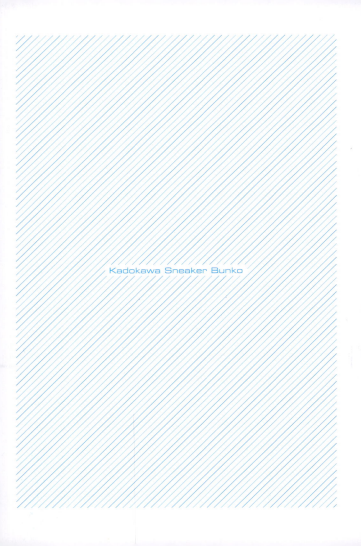